CINCO TERÇAS DE INVERNO

CINCO TERÇAS DE INVERNO

CONTOS

LILY KING

TORDSILHAS

Tradução
Laura Folgueira

*Para meu irmão, Apple,
com todo o meu amor.*

SUMÁRIO

Criatura 7
Cinco Terças de Inverno 47
Combina com a Dordonha 73
Mar do Norte 101
Linha do Tempo 131
Hotel Seattle 155
Esperando por Charlie 175
Mansarda 185
Sul 199
O Homem na Porta 215

Agradecimentos 239

CRIATURA

No verão dos meus catorze anos, poucos meses depois de a minha mãe tirar a gente da casa do meu pai, me ofereceram um emprego na Ponta das Viúvas como babá para os netos de uma velha os quais viriam visitá-la por duas semanas. A Sra. Pike deixava todos os vestidos para ajuste na oficina da minha mãe e as duas fizeram esse combinado sem me consultar. Não era como meus outros trabalhos de babá, algumas horas por vez. Eu teria que morar lá. Não consigo lembrar a conversa com a minha mãe, se eu queria ir ou se tentei me opor. Na época, eu me opunha a muitas coisas.

A Ponta era um pedaço de terra em formato de frigideira que entrava no Atlântico. Além dela, na maré baixa, dava para ver um crescente de rochas em alto-mar, mas, na maré alta, a água as escondia completamente. Sem dúvida tinham sido aquelas rochas que, centenas de anos antes, criaram as tais viúvas. Meu pai ainda era dono da casa em que eu fora criada, no cabo da frigideira, e, para chegar à casa dos Pike a partir de nosso apartamento, no centro, eu precisava passar de bicicleta por ele. Ele estava na reabilitação de novo, dessa vez em New Hampshire, mas mesmo assim eu abaixava a cabeça enquanto pedalava. A única coisa que via era o canteiro de flores ao longo da rua, negligenciado desde o último outono, novos brotos e botões tentando sair por entre cascas marrons. Era a terceira vez que nos mudávamos de lá, e eu esperava que fosse a última.

Depois disso, a estrada entrava em declive, começando a dar a volta na Ponta. Uma placa ornamentada anunciava VIA PARTICULAR. Cercas altas escondiam a maioria dessas casas mais chiques, dando a sensação de haver vegetação demais, uma coisa meio Bela Adormecida. Quando éramos pequenos, pedalávamos por ali apesar da placa e nos assustávamos acreditando que, se fôssemos pegos, seríamos presos, mas nunca ousamos entrar em uma das vagas de carro. Mesmo assim, conhecíamos todos os pilares, todas as placas com os antigos nomes já quase ilegíveis.

O caminho até a entrada da casa dos Pike era bem mais longo do que eu pensara. Antes, o sol quente batia em minhas costas, mas agora estava fresco e sombreado, com enormes árvores tremulando de cada lado. A única outra pessoa que eu já vira fazendo algo como o que eu estava fazendo era Maria, de A *noviça rebelde*. Eu não me lembrava da música sobre coragem que ela cantava ao caminhar, com o violão, da abadia até a mansão dos von Trapp, então cantei "Eu só tenho dezesseis anos" até uma buzina explodir atrás de mim e eu desviar, cair em uma vala rasa e tombar suavemente da bicicleta nas folhas do ano anterior.

Em cima de mim, um homem de terno preto e gravata-borboleta me chamou.

— Tá respirando? — acho que foi o que ele disse. Ele tinha sotaque, enrolava a língua.

Falei que estava. Ele não desceu para o barranco de folhas nem me ajudou, mas esperou até eu e minha bicicleta voltarmos ao caminho. Tinha o rosto esguio e a cabeça perfeitamente redonda e careca, de modo que os dois juntos pareciam uma bola de sorvete numa casquinha.

— Você veio disciplinar os pequenos?
— Vim — respondi, incerta.
— Então, te encontro lá embaixo. Dá a volta pelos fundos. À esquerda. Não pelo lado da garagem. — Ele colocou a tônica na sílaba errada, falando *gáragem*.

Foi só depois de ele sair que notei o carro, com o motor metálico, e sem teto, e com um capô que parecia um nariz longo e fino. Era uma antiguidade. Ouvi de novo a buzina, muito alta, mesmo àquela distância. E nada parecida com a de um carro normal. Parecia mais o sinal do intervalo num jogo de futebol americano. Não era à toa que tinha me jogado para fora da estrada. A palavra "cláxon" me veio à mente e ficou flutuando lá enquanto eu serpenteava pelo resto do caminho. Eu estava no meio da leitura de *Jane Eyre*, que era a tarefa das férias. Imaginei que a palavra viesse de lá.

A casa ficou visível. Lentamente. A estrada fazia uma curva, e vi uma parte do imóvel, depois mais um pouco, conforme seguia, até a coisa toda estar esparramada à minha frente. Era uma mansão. De pedras cinza e brancas com torreões e sacadas, e outras coisas que se projetavam, ou arqueavam, ou reentravam, e para as quais eu não tinha vocabulário. A gente já imaginava que era uma mansão, porque as pessoas falavam dela desse jeito, mas só conseguíamos mesmo pensar em algo como nossas pequenas casas, só que bem mais larga e mais alta. Mas mansões, pelo jeito, não eram feitas de madeira. Eram feitas de pedra. Havia uma grande procissão curvada de degraus levando à porta da frente, mas lembrei que tinha de *dar a volta pelos fundos*.

Os fundos não me pareceram menos chiques do que a frente, menos degraus para chegar até a porta, mas as mesmas colunas entalhadas e balaustrada de pedra em torno de uma varanda ampla. O homem da estrada estava me esperando, junto com uma mulher de vestido listrado e sapatos brancos. Eles subiram comigo e entramos na casa por um corredor escuro que dava em uma despensa com uma mesa quadrada coberta com oleado xadrez e três cadeiras que não combinavam entre si.

A mulher me perguntou se eu estava com fome, e, embora eu tenha dito que não, ela trouxe bolachinhas salgadas e fatias de um queijo laranja. Apertou uma rodinha com raios numa maçã, produzindo oito pedaços iguais, e jogou fora o centro. Os dois se sentaram comigo. Perguntei-me por quê, se tinham aquela casa inteira, estávamos num cômodo tão pequeno e desolador.

— Cadê seus filhos? — perguntei à mulher. Imaginei que ela fosse mais minha chefe direta do que o pai.

Eu nunca tinha visto um adulto ficar vermelho de vergonha. Com ela, foi instantâneo, como era comigo, e da pior cor imaginável, como se o próprio sangue estivesse prestes a derramar.

— Eu não tenho filhos — respondeu ela. O suor brilhou acima de seu lábio, e ela se levantou rápido para levar meu prato à pia.

O homem riu.

— As crianças de quem você vai cuidar não são de nenhum de nós! Leve a coitada lá para cima para explicar tudo.

Segui a mulher por três lances de escadas de serviço, degraus de madeira sem carpete com um corrimão oleoso e um cheiro de batata frita. Viramos em um corredor amplo cheio de luz vinda de longas janelas que emolduravam o céu azul acima de nós. Passamos por pelo menos cinco quartos até ela apontar um à esquerda, como se acabasse de escolhê-lo para mim. Mas, quando espiei lá dentro, vi um conjunto de toalhas no pé da cama e a mala verde da minha mãe em um bagageiro de madeira.

Pareceu, por um momento, que, ao entrar no quarto, eu ia encontrar minha mãe também, mas, quando o fiz, estava vazio. Eu tinha esquecido que ela havia trazido a mala no domingo. A mulher contou que se chamava Margaret e que estaria lá embaixo na cozinha sempre que eu precisasse dela.

— Os pequenos estão na praia com a mãe, mas devem voltar na hora da soneca. Aí, com certeza, vão vir te procurar. — O sotaque dela não era como o do homem. Estrangeiro, mas diferente. Percebi que talvez nem fossem casados.

Quando ela saiu, fechei a porta e olhei ao redor do quarto. Era o primeiro que não tinha nada a ver com meus pais, os gostos ou as regras deles. Eu me sentia como Marlo Thomas em *Que garota*, uma moça com seu próprio apartamento. Era um quarto simples, com duas camas de solteiro cobertas com as mesmas colchas brancas de tricô, as colunas estriadas de carvalho subindo até o nível dos olhos e se estreitando em pinhas. A mesa de cabeceira entre as duas era pequena, coberta com um retalho de calicó, e tinha espaço só para um abajur de vidro de corrente, e um cinzeiro, também de vidro, com um touro no centro e quatro entalhes na borda, para colocar os cigarros. Eu fumava um pouco quando era mais nova, no bosque com minha amiga Gina, mas tinha superado essa fase. Embora o cinzeiro estivesse limpo, dava para sentir o cheiro de cinzas velhas, então guardei na gaveta bamba do móvel.

Eu tinha um banco de janela! Corri até lá como se ele fosse desaparecer e me deitei de barriga para baixo na longa almofada curva. Havia três janelas enormes que se arqueavam para formar um meio círculo – toda essa metade do meu quarto era curva – e foi só aí que percebi que estava *dentro* de um dos torreões que tinha visto da estrada.

Apertei o nariz contra o vidro, inspirei seu cheiro metálico e empoeirado e olhei para o caminho de cascalho e o gramado aparado lá embaixo, levando a um campo malcuidado com árvores altas e algumas flores selvagens que acabava abruptamente num penhasco que dava para o oceano. Pensei nos meus pais e em suas brigas por dinheiro, no meu pai morando no que minha mãe e eu achávamos que era uma casa grande, agora que morávamos em um apartamento de um quarto que não me parecia em nada com o de *Que garota*. Embora talvez para minha mãe – que ainda estava na casa dos trinta anos, tinha um sorriso bonito e, como vivia dizendo, muitas coisas a seu favor – fosse. Eu queria mostrar aos dois meu quarto nesta mansão, mas também não queria. Queria que fosse só meu.

De repente, o chão parecia estar muito lá embaixo e uma fuga distante demais. Afastei os pensamentos sobre *Rapunzel*, uma história que sempre me deu medo, e sobre Charles Manson, de quem o irmão mais velho de Gina havia nos falado na primavera. Abri a mala e tirei *Jane Eyre* e um caderno novo que eu tinha comprado. Mas não estava com vontade nem de ler nem de tomar notas, então, comecei uma carta para Gina. Contei a ela de passar pela casa do meu pai e ver os canteiros de flores largados, *toda a morte e a nova vida emaranhadas*, escrevi, me surpreendi, e segui escrevendo.

Mais de uma hora depois, uma perua azul-marinho veio pela entrada da *gáragem*. Minhas janelas estavam fechadas, mas eu vi que o menininho estava chorando ao sair do carro e a menininha estava dormindo quando a mãe a tirou do banco de trás e a pendurou no ombro. Pensei que devia descer e ajudar a descarregar as toalhas e os brinquedos do carro ou pegar a menina adormecida e colocá-la numa cama em algum lugar, mas não desci. Não estava com pressa de virar empregada. Fiquei no meu torreão, esparramada no banco da janela até, meia hora depois, alguém bater na porta e o trabalho começar de verdade.

Não foi difícil, pelo menos até Hugh chegar. Margaret fez todas as refeições e Thomas, o homem com cabeça de sorvete de casquinha, serviu e lavou tudo. Uma mulher chamada Sra. Bay veio pegar a roupa suja, incluindo as fraldas de pano nojentas que Kay, a mãe das crianças, insistia em usar. Quando conheci Kay, no primeiro dia, ela botou Elsie em uma de minhas mãos, Stevie na outra, e disse:

— Preciso mijar urgente, Carol.

E saiu correndo. Voltou logo, me deu um abraço e me agradeceu por ter vindo, como se fôssemos velhas amigas e eu estivesse visitando. Eu estava ciente da diferença de idade entre nós – eu tinha catorze e ela, vinte e nove –, mas, para ela, que passava os dias com uma criança de dois e uma de quatro, eu devo ter parecido mais velha do que era. Kay agia diferente perto da mãe, ficando tensa e quase em silêncio. A Sra. Pike nos dizia a cada manhã, na sala de café da manhã, como seria o dia. Kay assentia conforme a mãe contava suas ideias – a Sra. Pike queria que ela fosse ver velhas amigas, jogar tênis no clube, visitar a antiga tutora de alemão que dissera que ela tinha muito potencial –, mas, assim que a mãe saía da sala e ia para a escrivaninha, Kay virava-se para mim e criava um novo plano.

Levamos as crianças a várias praias diferentes, a um museu de caça à baleia, a um aquário, muitas vezes parando para almoçar na sorveteria onde fazíamos nossos próprios sundaes. No início da tarde, eu brincava com as crianças na piscina enquanto Kay lia um livro numa espreguiçadeira na grama, depois eu as levava lá para cima para tirar a soneca. Elas nunca resistiam às sonecas. Depois da atividade da manhã, do sol quente e de nadar, estavam prontas para cair na cama fresca dentro da casa escurinha e pegar num sono pesado. Enquanto eu lia e cantava para os dois, imaginava ir para meu quarto e dormir também, mas, quando chegava ao meu torreão do terceiro andar, sempre surgia uma nova onda de energia. Continuava a carta que tinha começado para Gina sobre minha vida na mansão Pike. Lia *Jane Eyre*. De repente, agora que eu também morava numa casa enorme e cuidava de duas crianças, me sentia muito mais próxima de Jane. Logo, minha longa carta assumiu o tom e o vocabulário de Charlotte Brontë, o que fez Gina rir de mim sem dó depois. Mas eu estava testando as coisas, a vida como a protagonista de *Que garota*, a vida como Jane Eyre, a vida como uma escritora sozinha em seu quarto, que no fim, depois de muitas outras coisas, foi o que me tornei.

Quando as crianças acordavam da soneca, eu brincava com elas no gramado até a fome deixá-las mal-humoradas, aí entrávamos para ver Margaret na cozinha e lanchar. O jantar só era servido às oito, quando eu forçava Elsie a se sentar no cadeirão (ela preferia um colo, especialmente a essa hora), depois me retirava para a cozinha, onde recebia meu jantar na mesa coberta com o oleado. Às vezes, Thomas ou Margaret se sentavam comigo por um ou dois minutos, mas ficavam se levantando sem parar para empratar e servir um novo prato. Steve e Elsie raramente aguentavam até a sobremesa. Kay muitas vezes colocava a cabeça para dentro da cozinha, sinalizando que era para evacuá-los lá para cima. É claro que eles resistiam. A sobremesa lhes tinha sido prometida como recompensa pelo bom comportamento no jantar, mas eles haviam "feito manha", como dizia a Sra. Pike, e a saída dos dois da sala de jantar nos meus braços era barulhenta, deixando um rastro como a cauda de uma pipa, que ia até a ampla escadaria frontal, passava pelo patamar com dois sofás sob as janelas e chegava até os quartos deles no segundo andar.

Os primeiros seis dias foram assim. Aí, Hugh chegou. Ele estacionou um Malibu sedã arranhado. Era hora do café da manhã, que eu tomava na sala de jantar para ajudar a conter a energia matinal das crianças. Foi Margaret quem notou. Fomos todos até a *loggia*, como chamava a Sra. Pike, um pórtico coberto sustentado por uma série de arcos que dava para a entrada de carros.

— Mas era para Thomas pegar você em Logan hoje à tarde — disse a ele a Sra. Pike, começando a descer todos aqueles degraus.

Hugh apoiou as costas no carro.

— Então volto para o aeroporto à tarde e espero por ele.

— Não fale bobagens. — A Sra. Pike, usando meia-calça e salto alto, dava com cuidado cada passo instável.

— Olhe só para ele. Não dá nem um passo na direção dela — falou Kay para mim. Depois, dirigindo-se a ele lá embaixo: — Cadê a Molly Bloom?

— A Molly Bloom arrumou um emprego novo.

— Ela *não vem*?

— Não. — Ele puxou uma mala de mão de lona do porta-malas. — Eu sou todo de vocês.

Quando a Sra. Pike chegou ao cascalho, ele estendeu os braços e disse:

— Mãe Natureza.

Ela tirou os calcanhares do chão para beijá-lo.

— Quem é Molly Bloom? — perguntei a Kay enquanto esperávamos que subissem. Eu estava com Elsie no colo e ela com

Stevie. Os dois estavam se contorcendo, mas os ignoramos. Kay e eu já tínhamos chegado naquele ponto de não precisar nos comunicar sobre as crianças, não precisar apontar como aqueles degraus íngremes seriam perigosos para elas.

— A esposa de Hugh.

Hugh parecia jovem demais, desmazelado demais para ter uma esposa. Parecia um menino voltando para casa do internato. Era magro e parecia ainda estar crescendo, as calças rasgadas e sujas dois centímetros mais curtas, os braços esperando mais músculo. E tinha um cabelo rebelde de adolescente, cheio de fios arrepiados e impossível de domar. Ele subiu os degraus abraçado à mãe, e os dois pareciam um par de filme, a senhora rica ficando amiga do mendigo.

Quando chegou ao topo, ele jogou os braços ao redor da irmã e de Stevie, apertando até eles darem um guincho.

Ele se virou para mim. Seus olhos eram de um verde pálido e aguado.

— Uma estranha em nosso meio.

— Esta é a Carol. É ajudante da minha mãe.

— Olá, Cara. — Ele bagunçou o cabelo de Elsie em vez de apertar minha mão.

— Car*ol* — corrigiu Kay.

Mas ele não prestou atenção. Estendeu os braços, levantou Stevie bem alto no ar e começou a cantar uma música sobre alguém implorando para um médico dar mais comprimidos.*

---

* A letra da música "Mother's Little Helper", dos Rolling Stones, diz: "Doctor, please, some more of these / Outside the door, she took four more" [em tradução literal: "Doutor, por favor, mais alguns / Em frente à porta, ela tomou mais quatro"]. [N. da T.]

Stevie deu uma risada aguda.

A música continuou na minha cabeça. Os Stones. "Mother's Little Helper." O fato de ele não ter sido direto, ter confiado que eu ia entender, me deixou radiante.

— Coloque o menino no chão, senão ele vai acabar acordando os mortos — disse a Sra. Pike.

Hugh o colocou de pé com uma celeridade exagerada, depois aproximou a boca do ouvido de Stevie.

— Você vai acordar os mortos — falou, num grunhido lento. — E, por aqui, os mortos são nossos únicos amigos.

Stevie enfiou o rosto na perna da mãe.

— Hughie, ele tem quatro anos, misericórdia — disse Kay.

— Misericórdia? Você por acaso é a Sra. Milkmore? — Ele se virou para mim. — Você conhece a Sra. Milkmore?

— Isso sim que é acordar os mortos. Senhor! — disse Kay.

— Será que ela está morta? — Hugh se endireitou, estufou o peito e falou com o maxilar enviesado para um lado e uma voz que parecia um pigarro. — Misericórdia, Kay, vá trocar de saia. Você não estuda na Colônia Nudista Ashing!

— Ah, meu Deus, você falou igualzinho a ela. E ela disse isso mesmo, né?

Atrás deles, a Sra. Pike deslizou porta adentro. Vi o branco da camisa e o marrom da saia xadrez tremularem numa janela a caminho de sua escrivaninha. Hugh olhava na direção da piscina e do oceano atrás dela.

— Estou tendo flashbacks do casamento.

Kay observou a mãe pela janela.

— Bom, a gente a fez fugir em menos de um minuto. Deve ser um recorde.

— O que vem fácil vai fácil.

— O que eu mais lembro — continuou Kay, virando-se de volta — é aquele pastor chorando.

— É o que todo mundo lembra. Ele roubou a cena. Onde ela o encontrou?

— Acho que era o cara das atividades de férias na igreja.

— Não era, não. Não era o reverendo Carmichael.

— Reverendo Carmichael? Como diabos você sabe esse tipo de coisa? A gente nunca foi naquela igreja. Eu nunca sei se você está só falando merd*... — Ela cobriu a boca.

Hugh arregalou os olhos verdes brilhantes. A parte branca era cheia de fios vermelhos-vivos. Ele baixou a cabeça na direção de Stevie.

— Mamãe falou uma palavra feia.

Stevie deu uma risadinha desconfortável.

— Então, flashbacks do tipo bom? — perguntou Kay.

Ele mirou de novo a distância e fez que sim devagar. Tinha mais a dizer, mas não disse. Coçou um dos cotovelos pontudos. Aí, falou:

— Foi mágico. Como um sonho longo.

Ele se virou de volta e me olhou.

— Elsie está te fazendo uma linda pulseira de cocô mole.

A fralda de Elsie estava vazando no meu pulso. Enquanto subia correndo as escadas escuras e largas, eu me senti leve, meu peito cheio de algo novo e emocionante, um hélio que me elevava de degrau em degrau e dificultava minha respiração, mas que também era, por algum motivo, desnecessário. O cocô tinha encharcado a fralda de pano inútil e a capa de borracha, e precisei trocar toda a roupa dela. Desci às pressas de volta para o pátio da frente, mas eles tinham ido embora.

* * *

Hugh mudou o ritmo de todo mundo. As crianças esperavam que ele acordasse. Eu esperava que ele descesse antes de sair de casa. Kay esperava pela tarde, quando ele se juntaria a nós na piscina e ela poderia falar livremente sem a mãe por perto.

— Ela insiste que as crianças jantem com a gente — contou Kay a ele naquela tarde —, mas uma hora depois da porr* do horário de eles irem dormir. É o único momento do dia em que ela os vê, e eles estão no pior momento possível. Ela não para de chamar os dois de *sensíveis* e *frágeis*. Eles estão exaustos pra caralh*, mãe. — Com Hugh, Kay parecia meu pai depois de alguns drinques. Não se parecia nada com quem ela era antes.

Hugh deitou-se de costas no cimento, com os pés e as canelas dentro da água. Estava jogando um dos bichinhos de pelúcia de Stevie, um urso azul com uma estrela branca no peito, bem alto e pegando de novo. Stevie olhava nervoso da parte rasa onde eu o puxava em uma boia vermelha redonda. Eu era uma baleia-piloto-de-aleta-longa, ele me disse, guiando o barco dele até a margem.

— Não tenho certeza se vamos ter filhos.

— Como assim? Por quê?

Hugh não respondeu.

— Raven não quer?

— Stevie — disse Hugh —, este urso quer subir no barco.

O arremesso foi fraco e o urso caiu de bruços na água. Stevie resmungou que o urso azul não sabia nadar e eu o peguei rápido, antes de o tecido absorver líquido demais. Kay ainda estava esperando uma resposta do irmão, que nunca veio.

Hugh tinha se casado com Raven (eu não tinha certeza de que esse era o nome dela de verdade ou um nome que ele havia criado, como tinha me chamado de Cara, mas todo mundo na família usava, exceto quando Kay a chamava de Molly Bloom, uma alusão que eu só entenderia na aula de literatura do último ano do ensino médio) no jardim, no meio do ano anterior, durante o verão. Antes de ele chegar, ninguém havia mencionado isso, mas agora comentavam o tempo todo. Depois de um tempo, notei que era a Sra. Pike, mais do que ninguém, que trazia o assunto à tona. Fiquei com a impressão de que tinha sido um casamento caro e que ainda havia algumas contas a serem pagas na cidade (havia lojas a se evitar, especialmente a de bebidas, e viagens a se fazer a fornecedores distantes por causa disso). A Sra. Pike estava com a grana curta, embora eu tenha ouvido Thomas dizer uma vez que era coisa da cabeça dela e que ela arrumava um monte de problemas para si mesma por causa disso. Mas a Sra. Pike não parecia se ressentir de Hugh pelo casamento. Só precisava confirmar, várias vezes por dia, que tinha valido a pena. Para ela, lembrar-se e falar do assunto aumentava seu valor ou, pelo menos, ajudava a fazer o dinheiro ter sido bem gasto, como se fosse algo que ainda estavam usando, um eletrodoméstico caro cujo uso frequente justifica o custo.

Em poucos dias, eu já sabia tanto sobre aquele fim de semana que quase conseguia montá-lo como um filme: o brinde longo e inapropriado de Kip, amigo de Hugh, no jantar da véspera, falando da ex-namorada de Hugh, Thea; o vestido preto de Raven (que não combinava com o cabelo – apesar do nome, "corvo", ela era loira), que chocou "as titias" (não sei de quem); Stevie carregando os anéis apoiados no Boa Noite, seu travesseiro especial – e nojento de sujo; o pastor chorão; o amigo da família que, no fim da festa, jogou o carro direto do quebra-mar e teve muita, muita sorte de a maré estar baixa.

* * *

Até Hugh chegar, a Sra. Pike nunca tinha ido à piscina com a gente. Agora, ela vinha depois de sua "deitadinha" de toda tarde. No segundo dia de sua visita, Hugh e eu estávamos brincando de foca com Stevie e Elsie. As crianças flutuavam em suas boias redondas de plástico e nós mergulhávamos juntos para fazer cosquinha nos pés deles e ouvi-los dar gritinhos.

— Você me mordeu! — disse Elsie, depois de várias rodadas disso.

Hugh fechou os dentes, imitando uma mordida, e ela guinchou. Margaret saiu pelas portas do pátio, desceu os quatro degraus de lajes de pedra, e atravessou o jardim que ficava a um nível mais baixo até chegar ao portão da piscina, onde disse:

— Sua esposa está no telefone, Hugh.

— Hugh, euzinho?

O rosto de Margaret se abriu num sorriso.

— Hugh, vocêzinho.

Ele se levantou da piscina com um movimento sinuoso. A água desceu pela cabeça e pelas costas dele. Seu calção de banho verde se agarrava ao bumbum, e eu consegui ver a forma exata, duas lágrimas ossudas. Ele então deu uma chacoalhada, como se soubesse que tinha alguém olhando. Correu pela grama e, ao chegar aos degraus, os caracóis dos cabelos dele já tinham se formado de novo.

— Bom, não dá para dizer que ele não continua completamente apaixonado — comentou a Sra. Pike.

— Não, não dá — concordou Kay.

Sem Hugh lá, elas agora mal pareciam se conhecer. Kay estava tensa em sua espreguiçadeira, as mãos descansando num livro de capa dura virado para baixo no colo dela, e eu sabia que ela queria voltar a ler. Mas a Sra. Pike, em uma das cadeiras retas menores sob o guarda-sol, não tinha leitura nem distrações. E, embora ela não conversasse sem parar, conversava só o bastante para impedir alguém de retomar um romance. Fiquei feliz por ser uma funcionária na piscina, agora um polvo-de-anéis-azuis que dava caronas a crianças boazinhas. Stevie estava usando tampões de ouvido, porque tinha tendência a ter otite. (Hugh provocava Stevie enunciando palavras sem som só para Stevie berrar: *Não consigo te escutar, estou com meus tapões!*) Elsie arrancou um do ouvido dele, e Stevie soltou um gritinho agudo.

— Não é hora da soneca? — perguntou a Sra. Pike. Em geral, quando ela perguntava isso, não era, mas dessa vez ela tinha acertado.

Peguei as toalhas e os brinquedos de piscina, a bolsa de fraldas, as caixas de lanches, os copos de plástico.

Kay falou:

— Eu posso levar os dois lá para cima.

A Sra. Pike a contrariou:

— Deixa a Cara levar. — Ela sabia meu nome, mas tinha decidido que gostava mais de Cara. Tinha uma garota na aula dominical da igreja dela, quando ela era pequena, que se chamava Carol, de quem ela não gostava. — É para isso que ela está aqui.

Sequei a todos nós o melhor possível, mas estávamos pingando um pouco ao passar pelas portas francesas e pela biblioteca, gotículas que afundavam escuras no tapete azul e dourado. Parecia que eu os estava apressando. Parecia que eu estava preocupada com o tapete e tentando achar a rota mais direta até as escadas, mas eu estava desviando, guiando-os por salas de estar e escritórios e corredores curtos, me esforçando para ouvir alguém ao telefone. Queria escutar como ele falava com Raven. Eu sabia como falava com a irmã (direto, sarcástico) e com a mãe (mais suave, animado, as arestas levemente amaciadas, quase solícito, mas não exatamente), mas como falaria com a esposa?

Ele não estava em nenhum dos cômodos. Avistei um pequeno armário com uma porta entreaberta e gotejos escuros no carpete bege. Estava vazio exceto por uma prateleira e um antigo telefone preto de discar, o único que eu já tinha visto na casa toda. Mas o bocal estava no gancho, e Hugh não estava no cômodo.

Ele estava no último degrau da escadaria frontal, os cotovelos nos joelhos, a cabeça dobrada à frente, pendurada abaixo das escápulas pontudas. Só levantou os olhos quando Stevie cutucou a orelha dele. Não se endireitou. Só virou a cabeça para nós.

— Ei, você — disse Stevie, numa imitação esquisita do tio.

— Hugh, euzinho? — respondeu ele. Parecia doente, cinza-esverdeado, embora tudo naquela casa escura parecesse meio assim no meio do dia.

— O que você está fazendo?

— Pensando. O que você está fazendo?

— Vou ser levado para a soneca.

Hugh deu um sorrisinho para ele.

— Que gostoso. Eu queria ser levado para uma soneca.

Stevie balançou a cabeça.

— Não?

Stevie continuou balançando a cabeça. A conversa já estava profunda demais para ele. E ele estava cansado. Mas estava bloqueando minha subida, com uma mão na perna de Hugh e a outra no primeiro pilar do corrimão. Eu sabia sem nem olhar que Elsie já tinha pegado no sono. A testa dela estava dura e úmida contra meu pescoço.

— Você gosta de vir aqui para esta casa? — Hugh perguntou a ele.

— Aham — respondeu Stevie, balançando, mudando seu pouco peso do joelho ao pilar e vice-versa.

— Eu me lembro de vir aqui visitar minha avó.

— *Sua* avó?

— A mamãe da vovó.

— A mamãe da vovó — sussurrou Stevie, tentando compreender o que aquilo significava.

— Ela só usava preto, uns vestidos longos e enormes até o tornozelo. Foi a última vitoriana. E a única demônia que eu já conheci.

— O que é isso?

— Uma demônia? É pior do que um fantasma.

— Ah. — Ele não ia querer continuar aquela conversa.

Eles se olharam, Hugh respirando alto pelo nariz, Steve ainda balançando do joelho para o pilar. Eu sentia o cheiro de Hugh. Nesse ponto, já conhecia o cheiro. Era forte e sujo, mesmo depois de ele nadar, e eu sabia que não gostaria se esse cheiro viesse de qualquer outro lugar que não seu corpo longilíneo e teso. Inspirei com avidez.

Eu sabia que devia cutucar Stevie para subir, mas senti que Hugh não queria ficar sozinho. Algo dentro dele estava implorando por algo. Nem Stevie, nem eu sabíamos o que era ou o que havia acontecido, mas éramos compelidos por aquilo mesmo assim.

— Como está seu pai? — perguntou Hugh. Por uns segundos, pensei que ele soubesse do meu pai, e das drogas, e de todas as clínicas de reabilitação, que minha mãe tivesse contado tudo isso à Sra. Pike e todos eles soubessem e rissem disso no jantar quando eu estava na despensa, e meu corpo inteiro ardeu de uma vez.

— Bem — respondeu Stevie. — Ocupado.

— Ele e sua mãe se dão bem?

— Aham. — Havia uma pergunta ali.

— Às vezes, os pais brigam. Que nem você briga com a Elsie. Eles não fazem isso?

Stevie fez que não com a cabeça.

— Seu pai é legal com sua mãe?
— É.
— E sua mãe é legal com seu pai?
— É.
— Você escuta os dois conversando? Não com você e sua irmã, mas um com o outro, sobre coisas de adulto?
— Aham. Bastante.
— E eles falam com uma voz tranquila?
— Sim, sim.
— Quando você escuta as conversas?
— Quase sempre. De manhã.
— Dá para escutar do seu quarto?
Stevie respirou para pensar bem.
— Eu acho que eles estão vendo TV, mas, aí, eu entro e eles não estão, estão só lá deitados olhando para o teto e rindo. Acho que eles são esquisitos.
— Eles não são esquisitos. Eles são felizes, Stevie. Você me promete que vai se lembrar disso?
— Disso o quê?
— Sua mãe e seu pai rindo. Promete? Mesmo quando for velho que nem a vovó, vai lembrar?
— Aham. Tá bom. Boa noite. — Ele riu. — Quer dizer, boa noite, não, mas boa soneca.
— Não vai esquecer?
— Do quê?
— Você já esqueceu!
— Não esqueci, não. Não vou. — Ele riu de novo. Não se mexeu para subir. — Rir é estranho. Por que a gente ri?
— Provavelmente para não chorar que nem bebê.
— Ah.

Stevie deu alguns passos, e eu fui atrás. Elsie se mexeu com o movimento repentino, mas não acordou.

— Podemos ler o livro do carro vermelho? — Stevie me pediu.

— Claro.

Chegamos ao patamar. O ar estava mais quente. Viramos e, agora, dava para ver Hugh, ainda no último degrau. Ele ficava menor conforme subíamos pelo próximo lance de escadas.

Coloquei Elsie devagar, delicadamente, no berço, e ela não acordou. Li dois livros para Stevie, e aí ele se acomodou em sua cama com os lençóis bem presos (Margaret fazia as camas todas as manhãs e as deixava apertadas como salsichas). Ele pegou no sono antes de eu chegar ao refrão de "Here Comes the Sun".

De volta ao corredor, coloquei a cabeça por cima do corrimão superior. Hugh continuava lá embaixo. Ele se mexeu, e recuei rápido.

No meu quarto, continuei a carta para Gina. Já tinha mais de quinze páginas, a mais longa que eu jamais escrevera. Eu gostava de passar os dedos pelas palavras pressionadas dos dois lados das páginas com minha caneta esferográfica azul.

— Cadê o Hugh? — perguntou a Sra. Pike enquanto eu prendia Elsie no cadeirão naquela noite.

— Davy Stives está por aqui — explicou Kay. — Eles foram jantar na cidade. — A cidade, para os Pike, não era o centro de Ashing. Era Boston, a uma hora de distância.

— Espero que ele tenha avisado Margaret.

— Eu avisei.

A Sra. Pike franziu a testa enquanto estendia o guardanapo sobre o vestido. Parecia estar procurando outra coisa de que reclamar.

Fui para a cozinha antes que a atenção dela recaísse em mim.

* * *

Eram quase quatro da manhã quando o Malibu chegou devagar, fazendo barulho sobre os cascalhos, e parou numa vaga embaixo da minha janela. Senti um temor familiar quando ele abriu a porta do carro e desceu. Mas ele não estava bêbado. Eu sabia como era um bêbado. Eu já era especialista em reconhecer bêbados, e drogados, e chapadaços de cocaína. Ele andou em linha reta até as escadas e subiu com facilidade. Abriu a porta em silêncio e desapareceu. A luz externa se apagou.

Ele não desceu para o café. De manhã, Kay e eu levamos as crianças de balsa à ilha Drake.

De tarde, estávamos de volta à piscina.

— Há quanto tempo você sabe que ela não está feliz? — escutei Kay perguntar a ele.

A Sra. Pike tinha saído para jogar *bridge*, então, não tinha chance de ela entreouvir.

— Feliz. — ele repetiu como se fosse um palavrão. — O seu marido é *feliz*? Todo dia? Alguns dias? O que é *feliz*? O que é estar *feliz* num relacionamento? Você é feliz? Que palavra idiota. Que caralh* é feliz?

— Não é tão complicado. Ou você gosta de morar com alguém, ou não gosta. Ou gosta da parte do compromisso, ou não gosta. Talvez você desgoste da parte do compromisso tanto quanto ela, mas ela foi a primeira a falar em voz alta e agora você está se fazendo de indignado, mas na verdade é o que você quer também.

— *Gesundheit, Herr Doktor.* Acho que não.

— Bom, foi assim com Thea, né?

— Thea? A gente não vai falar da *Thea*.

— Estou falando de padrões.

— Minha esposa, com quem fiz um juramento naquele pedaço de grama bem ali há menos de um ano, quer se separar. Isso não é um padrão, Kay. É a porr* da minha vida desmoronando.

Ele saiu andando e bateu o portão atrás de si.

Eles achavam que eu não estava escutando. Achavam que eu era uma mergulhadora procurando pelo tesouro que Stevie tinha escondido no fundo da piscina. Era uma habilidade minha, me dividir em duas, fingir ser infantil e alheia e ao mesmo tempo filtrar conversas dos adultos com o foco e a discriminação de um investigador forense.

Eu estava ansiosa para colocar as crianças na cama e escrever para Gina sobre o que tinha escutado. *O coração de Hugh está em pedaços. Que diaba de coração gelado seria capaz de deixar de amar alguém como ele?*

Mas elas haviam comido pudim de chocolate no almoço e não estavam com sono. Stevie tinha um tocador de discos de plástico e só um disco, um 45 rpm com "Feed the Birds" de um lado e "It's a Small World" do outro. Eu queria tocar "Feed the Birds" para dar sono nos dois, mas eles queriam "It's a Small World" – sem parar. Dançaram, se animaram demais e começaram a arrancar a roupa e Elsie se contorceu até tirar a fralda e jogá-la na parede, deixando uma mancha escura de urina no papel de parede de rosas. Eu a arrastei para o banheiro, onde Kay tinha montado um trocador. Elsie estava um pouco assada, e besuntei a virilha e o bumbum dela com Desitin. Cheirei meus dedos. Aquilo suscitou algo do início da minha infância. Inspirei mais uma vez, profunda e demoradamente. Tentei lembrar um momento específico, um lugar, mas era só uma sensação. Uma sensação boa. Uma sensação confortável e segura que eu já não tinha mais.

Escutei Stevie falando e aí escutei Hugh, e fechei a fralda limpa de Elsie às pressas com os alfinetes, mas, quando saímos do banheiro, eu já ouvia os passos dele descendo as escadas outra vez.

— Com quem você estava conversando? — questionei.
— Meu tio — disse Stevie.
— O que ele falou?
— Que estava procurando uma coisa para mim no sótão.
— No sótão?

Ele apontou para cima. Eu não pensava no meu andar, com todos aqueles quartos lindos, como um sótão.

— Mas ele não achou.

Nós três nos aconchegamos na cama de Stevie. Bem quando abri *O ciclo de vida da tartaruga-verde marinha*, Stevie falou:

— Ah, ele disse que você escreve muito bem.
— Quem?
— Você.
— Quem disse?

Ele estava rindo, achando que era aquele jogo, mas não era. Ele viu que eu não estava brincando e ficou sério.

— O Hugh — respondeu ele, baixinho. — O tio Hugh que falou.

Fiz uma leitura dinâmica do ciclo de vida da tartaruga-verde marinha. Concordei em deixar os dois tirarem a soneca juntos na cama de Stevie. Fechei a porta e corri para o meu quarto, como se pudesse evitar o que já tinha acontecido.

Eu havia deixado meu caderno no banco da janela, fechado, embaixo do meu exemplar de *Jane Eyre*. Mas agora estava aberto em um desenho da figura longa e magra de Hugh sozinho no gramado onde havia se casado. Folheei o caderno com os olhos dele, tentando determinar o quanto aquilo me incriminava. Um desenho do carro dele visto da minha janela, um poema dele tocando minha perna na escada, o que não tinha acontecido. E, se houvesse sombra de dúvida, as entradas mais recentes da carta para Gina deixavam óbvio com muito drama, como se vindo dos pântanos da Inglaterra: *Você não tem como compreender esses sentimentos abrasadores – ainda não conheceu seu Rochester. Mas, acredite, são tão poderosos que agora cada romance, cada verso faz sentido vívido e perfeito.* E: *como toda a família, sou arrastada pela sua maré, mas ele é bom, e gentil, e engraçado, e é nessa maré que quero ficar suspensa para sempre.* E: *na piscina, ele se deita de costas no concreto com os braços abertos como Cristo na cruz, e quero devorá-lo.* Eu não sabia exatamente o que devorar significava. Não achei que fosse significar algo tão chato quanto sexo.

Quase duas horas depois, Stevie me chamou. Eu não tinha saído do assento da janela. Minhas pernas estavam duras e mal aguentaram meu peso quando atravessei o quarto. Eu ia ter que pedir demissão. Ainda faltavam cinco dias, mas eu ia ter que ir embora. Hugh provavelmente já tinha contado para a irmã e a mãe. Eu não ia suportar a humilhação.

As crianças estavam rosadas do sono pesado, o cabelo úmido nas têmporas. Eu as entretive no quarto pelo máximo de tempo possível, mas, por fim, quiseram ir ver Thomas e Margaret na cozinha, comer os cubos de queijo que ela lhes servia e brincar na grama. Imaginei que todo mundo na casa agora já soubesse, que Hugh já tivesse rido bastante com cada um, citando meu caderno como meu pai faria se encontrasse um documento desse tipo. Eu esperava que ele me lançasse um olhar satisfeito e sabichão que se endureceria se eu não achasse engraçado.

Mas ele não faz isso. Mal me olhou quando saí para o pátio atrás de Stevie, Elsie apoiada em meu quadril.

Os três Pike estavam lá fora com seus drinques, sentados em cadeiras de ferro iguais, pintadas de branco para parecerem mais confortáveis.

— Ela quer ficar na Flórida? — perguntou Kay à mãe.

— Os enteados não querem deixá-la vender a casa. É de todos, e eles gostam de ir para lá nas férias.

A Sra. Pike apertou os lábios ao redor da borda da taça.

— Mas eles a detestam.

— Ela sai durante essas semanas.

— Por que ela não vende a parte dela da casa para eles?

— Também não querem. Querem que ela pague a manutenção e os impostos.

— Mas se todos têm partes iguais...

A Sra. Pike levantou a mão.

— Eu tenho a mesma conversa com ela toda semana no jogo de *bridge*. Ela come na mão deles. Acho que ela gosta. Acho que, assim, continua perto de William.

— Que observação astuta — comentou Kay.

— Você parece surpresa.

Eu nunca tinha ouvido Kay falar tanto com a mãe. Era forçado, mas as duas estavam se empenhando muito. Cada uma tentava esconder da outra o fato de que Hugh não estava falando, não estava zombando delas nem de pessoas da juventude deles, que ele estava sentado em sua cadeira de ferro fundido, curvado e pálido, segurando e depois soltando a respiração sem perceber a algazarra que estava criando. Kay o tinha aconselhado a não mencionar de jeito nenhum a situação com Raven para a mãe, mas era mais fácil Hugh ter mandado imprimir uma camiseta. Relaxei um pouco, entendendo que, como sempre, os adultos não estavam pensando em mim, e que as palavras em meu caderno não significavam nada para eles.

As crianças estavam brincando no jardim embaixo do pátio, correndo atrás um do outro em torno das roseiras.

— Cara, coma um pouco de salmão. — A Sra. Pike me fez um aperitivo com um biscoitinho, salmão defumado, cebolas picadinhas e alcaparras. Carreguei a torrezinha com cuidado até a boca. Estava uma delícia. Tantos sabores intensos de uma vez só.

Hugh ficou olhando.

— A Educação de Cara... Qual é seu sobrenome?

Eu estava com a boca cheia demais para responder.

— Hyeck — disse a Sra. Pike. — E ela não precisa de educação nenhuma de nós. Ela mora a oitocentos metros daqui.

— Sério?

— De onde você acha que ela veio?

— Sei lá. Ela parece meio sofisticada para Ashing.

— Você não está falando coisa com coisa, Hugh.

— Um bom vocabulário. — A expressão dele não mudou, mas seus olhos verde-esbranquiçados brilharam para mim, direto, as pupilas minúsculas, porque ele estava olhando para o sol que se punha.

— É, é verdade — falou a Sra. Pike, mas sem concordar nem um pouco.

— Pode ficar de olho para eles não caírem na água, Carol? — pediu Kay. As crianças estavam chegando perto da fonte no extremo do jardim.

— Charlie acabou de limpar, então não tem problema se colocarem o pezinho — disse a Sra. Pike.

Fiquei aliviada de ser mandada embora de lá. Voei pela grama com os braços abertos, batendo asas, me inclinando, e, quando as crianças me viram, guincharam para o grande falcão que ia na direção deles.

Atrás de mim, Hugh riu. Peguei os dois com minhas garras e os girei na direção da fonte. Abaixei-os com delicadeza perto da beira d'água, e eles me apertaram, rindo, as barriguinhas batendo contra mim.

— Os pais dela recentemente... sabe. — A Sra. Pike nunca usava a palavra "divórcio". Sempre deixava em branco. Não percebia quão bem a voz dela chegava até o outro lado do gramado. Mas não era verdade. Não tinha havido advogados nem papéis.

Hugh perguntou algo, e ela respondeu:

— Não faço ideia. — Bruscamente.

Kay riu pelo nariz.

— A que horas Dan chega na sexta? — perguntou a Sra. Pike a Kay, para mudar de assunto.

A fonte no centro do pequeno poço era um bebedouro de passarinhos e produzia uma diminuta órbita de água que parecia congelada e imóvel. A única forma de saber que ela estava se mexendo era pelo fluxo que escorria do lado. A bacia oval era pintada de um turquesa-claro, quase do tom dos olhos de Hugh.

Falei para as crianças que podiam colocar os pés. Ajudei-as a tirar os sapatos e as meias. A água ali era mais quente que na piscina grande, e, logo, os pés já não eram o bastante. Stevie abaixou as calças.

— Stephen Pike Martin! — chamou a Sra. Pike.

Eu subi de volta as calças dele.

— Ah, deixa eles, mãe.

— Na fonte? Não.

— Tira tudo, Stevie!

— Hugh!

— Meu Deus, mãe — disse ele. — Deixe os dois serem crianças, misericórdia.

— Você e sua misericórdia. Ah, está bem. Cara, deixe-os entrarem. Não tem ninguém olhando.

A lateral da bacia era mais íngreme do que parecia, e Stevie deslizou para baixo d'água assim que entrou. Pulei ainda de sapatos e o levantei pelas axilas. A água escorreu do cabelo fino, ele piscou loucamente e esperei um berro, mas ele caiu na gargalhada, o que fez Elsie gritar para que eu a colocasse lá dentro também. Eu já estava molhada por causa do resgate, então, joguei os sapatos longe, coloquei as duas crianças no colo e escorregamos pela pequena inclinação. Levantados assim, eles não afundavam, mas o queixo ficava perto o bastante para parecer perigoso, e eles gritaram muito e jogaram muita água, os corpos sem roupa escorregadios debaixo da água, agarrando o meu e dando berrinhos de prazer. Descemos alguns metros até meus pés tocarem a base da fonte, aí nos levantamos e nadamos até lá em cima para ir de novo.

— Você é um urso polar — disse Stevie. — E nós somos seus filhotinhos escorregando em um iceberg. — Descemos de novo e, na subida, ele falou: — Você também devia ficar peladinha. — Ele puxou a barra de minha camiseta.

— Não, não posso ficar peladinha — expliquei. Escorregamos mais muitas vezes. Esqueci os Pike, Hugh e Raven, e meu caderno, até a luz mudar e eu ver Kay na beira da fonte, o rosto estranho, sem nenhuma bondade.

— Tá bom, já chega. Me dá as crianças e vai colocar uma roupa seca, Carol.

Quando passei pela área do terraço, a cabeça de Hugh estava abaixada, o corpo dobrado, apertando o canto interno dos olhos com o indicador e o dedão. Estava rindo, não chorando.

— Não fale *nada* — disse a mãe a ele.

Quando entrei, Margaret estava saindo com toalhas. Ela me deu uma e disse algo que eu não entendi até chegar à escadaria da frente.

— Agora, cubra-se — foi o que ela disse.

Em frente ao espelho vertical no canto do meu quarto, entendi. Minhas roupas molhadas, uma regata cor-de-rosa e um short branco, estavam transparentes. Eu estava peladinha, como Stevie queria. Mas o corpo no espelho não parecia inteiramente meu. Os seios eram mais cheios, de repente crescidos como num anúncio de biscoitos. E, através dos shorts e da calcinha, minha virilha era um triângulo escuro. Eu não reconhecia nada naquele corpo. Parecia que o próprio espelho, em vez de refletir, na verdade, em sua moldura antiquada, o tinha conjurado, pois eu não tinha esse corpo antes de vir morar nesse quarto.

Desci para jantar na despensa com Thomas e Margaret usando as roupas mais escuras e largas que eu trouxera. Sentei-me de costas para a sala de jantar, para os Pike não terem de me ver quando Thomas abrisse a porta de vaivém. Naquela noite, Kay não me chamou para levar as crianças para o quarto, embora eu os tenha escutado fazendo manha durante a refeição.

Achei que, talvez, a Sra. Pike fosse me mandar para casa antes do café, mas, na manhã seguinte, ela foi particularmente atenciosa e gentil. Perguntou como eu tinha dormido e me mostrou como usar o pequeno cortador de ovos para tirar a tampinha do meu ovo cozido de gema mole. Propôs levar as crianças e eu para almoçar no clube de praia, e Kay podia ter um tempo sozinha. Podia marcar um horário no cabeleireiro, se quisesse.

Mas Kay disse que queria levar as crianças a um lugar chamado Fazendinha David, logo depois da fronteira de New Hampshire. Eu nunca tinha ouvido falar.

— Por que diabos você quer ir tão longe num dia tão lindo? — questionou a Sra. Pike.

— Parece divertido.

— Eu contratei Cara para você poder ter uma folga.

— Obrigada.

— Quer dizer, para poder fazer coisas de adulto.

— Eu entendi o que você quis dizer. Mas eu *quero* ficar com meus filhos nas nossas férias.

Comemos nossos ovos no silêncio que se seguiu, todos menos Elsie, em cuja bandeja havia sucrilhos. Hugh passou pela porta de vaivém e riu da gente.

— Os copinhos de ovo! — Estávamos comendo em copinhos de porcelana em formato de oito que combinavam com os pratos, flores cor-de-rosa, borda dourada. — Ah, não é maravilhoso viver em 1905?

Ele pegou o cortador de ovos de prata e fingiu que ia cortar o nariz de Stevie.

Senti o cheiro dele e me lembrei que tinha ido dormir na noite anterior com uma história inventada dele me levando para o bosque onde havia uma antiga quadra de tênis que ninguém mais usava e me ensinando a jogar e depois me beijando, um beijo terno, delicado, não do tipo nojento que a gente vê na TV e que parece que tem duas pessoas tentando comer o mesmo pedaço de bala, e lembrar dessa história – ainda mais do que a própria presença de Hugh – me deixou enjoada, e não consegui mais comer o ovo.

Hugh quis vir com a gente à fazendinha. A mãe disse que ele não podia, que ela precisava que ele mudasse uns móveis de lugar para ela. Ele a pressionou, querendo saber quais móveis e por que Charlie não podia fazer aquilo, e ela não estava preparada para a batalha. Saiu abruptamente da sala.

Ele se inclinou sobre mim, seu cheiro agora mais forte.

— Minha mãe acha que você está tentando me endemoninhar.

— Hugh, para com isso — disse Kay. — Meu Deus. Carol, não é isso que minha mãe acha. — Ela estava colocando mais sucrilhos para Elsie. — Endemoninhar — repetiu, e segurou por uns dez segundos antes de cair na risada. Hugh se juntou a ela e, por um tempo, só dava para ouvir os estalidos da garganta deles.

A Fazendinha David não era uma fazenda. Era mais um parque de diversões para amantes dos animais. Dava para comprar fichas para os dispensadores de comidas, que eram na verdade máquinas de chiclete cheias de bolinhas de ração. As bolinhas caíam nas suas mãos, e cabritinhos e ovelhinhas corriam, e você estendia a mão aberta e sentia os grandes lábios pretos deles mordiscando delicadamente. Hugh se agachou em frente a uma das máquinas, colocou Stevie em um joelho e Elsie no outro, e deu a eles um fluxo contínuo de bolinhas. Logo, estavam cercados de cabras. Hugh começou a colocar as bolinhas na orelha e no nariz, e as cabras atacaram o rosto dele com seus lábios borrachudos, e Stevie e Elsie riram loucamente até alguém usando uma camiseta do lugar mandar que ele parasse. Também vendiam leite em mamadeiras para alimentarmos os cabritos menores. Compramos mamadeiras para as crianças, e eu me sentei no chão com Elsie, e seguramos a mamadeira juntas enquanto um cabrito branco e preto minúsculo sugava o leite.

Hugh tentou colocar a cara onde estava nosso cabrito.

— Eu quero ser um cabritinho. Me dá mamá!

Mas, na volta para casa, ele ficou em silêncio. Kay tentou fazer com que ele falasse, mas ele só respondia com uma ou duas palavras. Eu estava no banco de trás com Stevie e Elsie, que queriam cantar, e, enquanto cantávamos, ouvi Kay dizer:

— Você me assusta quando fica assim.

Atravessamos a cidade, passando pelo meu apartamento, depois saímos pelo istmo na direção da Ponta.

— Por que eles colocam esses pardieiros bem aqui? — disse Hugh. — Rua linda, casa merd*. Desculpa.

Um dos pardieiros à frente era do meu pai. Vi uma mulher com uma camiseta amarela agachada em um dos canteiros dele. Minha mãe. Senti um zumbido estranho no peito.

Vá pra casa!, eu quis gritar para ela pela janela. *Deixe todas as flores dele morrerem.* Já tínhamos passado por isso tantas vezes, os lugares para ele se desintoxicar, o círculo de cadeiras, o linóleo manchado, todos os pedidos de desculpas e lágrimas que não significavam nada.

Antes da soneca das crianças, todos nós nadamos. Tinha esquentado, estava mais calor do que o resto da semana. A Sra. Pike se juntou a nós usando um maiô. Ela tinha uns nós azuis nas veias, mas as pernas eram fortes, surpreendentemente musculosas.

Hugh também notou.

— Essas aulas do Richard Simmons estão valendo a pena, Mãe Natureza.

Eu sorri, mas ela não tinha ideia do que ele estava falando.

Ele me olhou. Estávamos no raso. Stevie estava nadando de boia de braço de um para o outro. Hugh tinha dito aquilo para mim, percebi. Eu balançava os braços na superfície da água, e ele me imitava. Entendi que, agora, eu tinha sua atenção total. Não tinha muita certeza do que fazer com isso. Eu nunca tivera a atenção de menino nenhum, até onde sabia.

— Carol, acabei de usar a última fralda de Elsie na bolsa — disse Kay. — Você pode subir rapidinho e pegar mais algumas?

— Claro. — Eu saí pela borda da piscina.

— Agora, aonde ela vai? — escutei a Sra. Pike dizer da espreguiçadeira enquanto eu destrancava o portão.

— Vai saber, mãe. — Ele estava falando alto, para ter certeza de que eu ia ouvir. — Mas, para mim, ela faz sentido *vívido* e *perfeito*.

Atravessei o gramado com pressa. No pátio, me sequei como pude antes de entrar e subir até o banheiro do segundo andar, onde ficava o trocador e a grande bolsa de fraldas embaixo. Fechei a porta para fazer xixi. Meu maiô ainda estava molhado e foi difícil descê-lo, e ainda mais difícil subi-lo quando terminei. Dei a descarga, peguei duas fraldas e abri a porta. Hugh estava lá, com uma mão de cada lado do batente.

— Só queria garantir que você ia pegar as fraldas.

— Estão aqui.

Nós nos olhamos. Ele levantou a alça do meu maiô do ombro e recolocou.

— Estava meio torto. Com a pressa.

— É melhor eu descer com isso.

— É, mesmo. — Ele chegou ainda mais perto, mais perto do que eu jamais estivera de um garoto. — Mas vamos só entrar aqui. Só uns minutinhos.

Ele pegou minha mão e me levou de volta para o banheiro, fechou a porta e prendeu o gancho da tranca no olho de metal.

— Agora. Você — disse ele. A coisa toda parecia uma das minhas histórias noturnas. Estava acontecendo mesmo. — Você é problema. Eu, como minha mãe, acho que você está tentando me seduzir. — Ele se aproximou de novo. — Está?

Eu não sabia como responder.

Mas ele não estava prestando atenção na resposta. Ele me lembrava do meu pai, focando e perdendo o foco daquele jeito. A respiração dele estava pesada. Senti cheiro de maionese dos sanduíches de presunto que Margaret fizera para o almoço. Ele deslizou o dedo de novo na alça, dessa vez prendendo-a e tirando do meu ombro. Ele não se inclinou para me beijar, que era como eu achava que essas coisas aconteciam. De perto, a barba dele era rala, com espaço demais entre os pelos avermelhados.

Ele usou o corpo para me empurrar contra o trocador. Uma mão começou a amassar meu seio e a outra subiu em meu maiô, por baixo. Era apertado. O maiô era do ano passado. Senti os dedos dele se agitando como se procurassem uma moeda numa bolsinha.

— Eu sei que você quer isto — disse ele no meu ouvido, numa voz que eu não reconhecia. — E posso te dar.

Ele começou a me esfregar com força no seio e lá embaixo.

— Você gosta de mim. Eu li tudo. *Tudinho*. E posso fazer isto por você.

Ele continuou esfregando. Eu sabia do que ele estava falando. Não tinha feito em mim mesma, mas Gina havia me contado. Eu queria esperar até ter um namorado, para que a primeira vez que eu sentisse aquilo fosse com alguém, não sozinha no meu quarto, e aí seria especial. Também sabia que, algumas vezes, não era especial. Mas não sabia que podia não ser especial com alguém de quem a gente gostava. Aquilo não era especial. Parecia que Hugh estava fazendo alguma tarefa de cozinha dentro do meu maiô.

O rosto dele tinha começado a suar.

— Eu consigo dar prazer, não só receber. — A cabeça dele estava virada para a janela, como se ele estivesse falando com outras pessoas lá no gramado. — Eu me importo, sim, com outras pessoas. Outras pessoas são reais para mim. Cara. Você é real para mim. — Um dos dedos dele dentro do meu maiô estava me cutucando por dentro.

Doía, doía muito. Tentei pegar a mão dele, mas ele continuou esfregando e cutucando.

— Está doendo — falei.

Ele apertou a boca contra minha orelha.

— Dói no começo e depois fica muito, muito bom.

Mas estava queimando.

— Que coisa mais *idiota* — eu disse numa voz que minha mãe detestava e eu andava usando muito ultimamente. Provavelmente era o motivo para ela ter me entregado à Sra. Pike. Fiquei envergonhada com o som da voz. Tentei arrancar a mão dele do meu maiô, mas só o fez me prender com mais força contra o trocador. O ombro dele estava empurrando meu maxilar. Mudei um pouco a posição da minha boca e mordi com força.

Ele se retraiu e foi para trás.

— Caralh*.

Você virou uma criatura que eu não entendo, minha mãe me dizia às vezes.

Ele se afastou e me olhou, depois sorriu e veio de novo na minha direção. Mas agora eu tinha espaço suficiente para estender os braços e empurrá-lo para longe de mim. O estranho foi que o corpo de Hugh caiu sem nenhuma resistência. Ele tombou de costas por cima da borda da banheira, e a cabeça dele bateu na parede de azulejos com um ruído seco perfeito, como o das castanholas de "It's a Small World". Fiquei preocupada por ele não abrir os olhos. Peguei as fraldas e destranquei a porta.

Eu sabia que devia contar para Thomas ou Mary, ou ligar para a emergência do telefone no quartinho, mas saí para a piscina. Ensaiei não o que ia dizer à Sra. Pike ou a Kay, mas o que ia escrever a Gina da cadeia, como ia explicar para ela, a forma como ele caiu com tanta facilidade, como uma mola que a gente só precisa empurrar do topo de uma escada. Eu precisava me lembrar de levar o caderno comigo para a cadeia.

— Puxa, as fraldas deviam estar em algum lugar da Califórnia — comentou a Sra. Pike.

Kay ou tinha pegado no sono, ou estava fingindo, com Elsie profundamente adormecida no peito dela.

Eu estava dizendo coisas mentalmente, mas nada saía.

— Olha, Cara! Olha para mim! — Stevie chamou da piscina. — Estou fazendo tudo isto sozinho, sozinho! — Ele nadou a piscina toda devagar, os braços e as pernas se mexendo para todo lado, a cabeça entre as boias infladas, a boca franzida em concentração.

— Que bom.

— O que aconteceu com a sua voz?

— Nada.

— Vou nadar até lá — Ele apontou para a parte funda. — se você vier comigo. Você pode ser meu lobo-tubarão de estimação.

— Um lobo-tubarão? Parece assustador.

— Nem sempre.

Agora seria estranho se eu dissesse de repente que tinha mordido Hugh e também que ele talvez estivesse inconsciente.

— Olha! — Stevie virou de costas, depois de barriga para baixo, colocou a cabeça toda embaixo da água, depois virou de novo de costas. Há uma semana, ele tinha medo demais de ficar sozinho na piscina. Agora, estava fazendo gracinhas.

— Sra. Pike — comecei, ainda com a voz estranha. Mas, atrás dela, algo chamou minha atenção. Do outro lado do gramado, bem no alto da mansão, aninhado entre os picos dos dois torreões, havia um pequeno deque de cobertura, que funcionava como miradouro. Hugh estava apoiado no parapeito, olhando para o mar. Ainda estava de roupa de banho, com um curativo branco quadrado no ombro nu.

— Você ia dizer algo, Cara?

— Não. Só... Pode me passar as nadadeiras?

Ela precisou se abaixar para alcançá-las.

— Um lobo-tubarão precisa de suas nadadeiras — expliquei, antes de calçá-las.

Na beira da piscina, soltei um uivo e pulei. Ouvi Stevie comemorando antes de afundar. Eu não tinha certeza se lobos-tubarões existiam mesmo. Aos quatro anos e meio, Stevie sabia bem mais do mundo natural do que eu. Mas eu torci para existirem. Torci para que uma coisa assim existisse.

CINCO TERÇAS DE INVERNO

A filha de doze anos de Mitchell o acusava de amar seus livros, mas odiar seus clientes. Ele não os odiava. Só não gostava de ter de conversar com eles ou guiá-los até seções muito claramente sinalizadas – se não eram capazes de ler placas, por que estavam comprando livros? – enquanto eles reclamavam que nada estava organizado por título. Ele gostaria de ter um segurança na porta, um homem de pescoço grosso que não deixasse as pessoas entrarem ou as removesse quando se revelassem ignorantes demais.

A filha dele amava os clientes. Ela se sentava atrás do balcão, na caixa registradora, todo sábado, escrevendo recibos numa imitação ilegível da caligrafia microscópica dele e conversando como um estalajadeiro. Era alta e sofisticada demais para uma pré-adolescente do Maine. Ela o deixava desconfortável. Tinha recentemente aprendido a palavra "reticente" e usava com ele o tempo todo.

— Ele não é a pessoa mais reticente que você já conheceu? — perguntou ela a Kate, a única outra funcionária.

— Talvez não a mais, mais — respondeu Kate, sem levantar os olhos de suas etiquetas de preço.

— Mas ele é...

— Já chega, Paula — disse ele, e então, sentindo uma pulsação de sangue inesperada nas bochechas, fugiu para o estoque nos fundos.

Mitchell tinha o ouvido bom e, logo antes de fechar a porta atrás de si, escutou a reprimenda suave de Kate:

— Acho que, como regra geral, as pessoas não gostam que a gente fale delas na terceira pessoa.

Ele tinha contratado Kate fazia três meses. Ela se mudara de Portland para San Francisco havia pouco tempo, por causa de um homem chamado Lincoln. Eles moravam num pequeno apartamento em Bayside. Na secretária eletrônica, Lincoln parecia ansioso e cheio de expectativa, como se esperasse sempre boas notícias depois do bipe. Apesar do currículo forte, Kate tinha lacunas inesperadas em seu conhecimento literário. Nunca tinha lido *O leopardo* ou *O mensageiro*. Nunca nem ouvira falar de Machado de Assis. Uma vez, ele escutou um cliente perguntar quantos versos tinha uma sextina, e ela não sabia. Ela lia muito (levava emprestados e devolvia até dez livros por semana), mas não era boa de ortografia. Na ficha, escreveu J. Austin e F. Dostoyevski. No fim do dia, quando grampeava os recibos de cartão de crédito aos totais da fita do caixa, nem sempre alinhava as bordas. Deixava as lapiseiras ficarem sem grafite. Tinha lábios finos, às vezes ressecados, que cutucava quando estava pensando profundamente, e que ele gostaria de beijar.

Querer beijar Kate era como querer uma poupança maior para pagar pela faculdade de Paula ou uma daquelas balanças postais computadorizadas infalíveis para pedidos via correio. Era um desejo persistente, irritante, inútil. Ele havia tido dois encontros desde a partida da mãe de Paula. O primeiro, já havia mais de cinco anos, tinha sido arranjado, com uma amiga de uma amiga. Eles foram a um restaurante italiano comer massa *puttanesca*. Ela tinha separado todas as alcaparras e deixado na borda do prato fundo, explicando que era alérgica a frutos do mar. Aí, havia tentado conversar sobre a esposa dele ter ido embora. A história – o amigo dele da faculdade que morava na Austrália, Brad, veio visitar e foi embora duas semanas depois com uma caixa de lagostas vivas e a esposa de Mitchell – pareceu diverti-la. Ele não suportou sair com ela de novo e, como resultado, perdeu a amiga em comum. Felizmente, os outros o haviam deixado em paz.

Mitchell não tinha ficado arrasado com o abandono da esposa. As pessoas desapareciam. Acontecera a vida inteira dele. A mãe morrera quando ele tinha seis anos, o pai nove anos depois. Seu melhor amigo de infância, Aaron, havia achado um caroço nas costas – o próprio Mitchell tinha sido o primeiro a notar, na praia – e morrido antes da volta às aulas. Até sua cliente favorita, a Sra. White, havia falecido alguns anos após a abertura da livraria.

Mitchell parou em frente à única janela do estoque e observou três gaivotas voando agitadas sobre o porto. Grossas placas de gelo quebradas, do tamanho de colchões, tinham sido empurradas até a orla pela maré. Mais longe, além da casca congelada, o mar aberto brilhava em um azul luminoso de verão. Nessas ondas de frio, tudo parecia confuso. Até as gaivotas lá no céu pareciam perdidas.

Depois, naquela mesma tarde, Paula comentou:

— Kate fala espanhol.

Kate estava colocando livros na prateleira e reagiu com modéstia, mas Paula se impôs.

— Ela fala, sim. Você sabia, pai?

— Ahã. — Ele estava analisando uma caixa embolorada que um estudante acabara de trazer. Os livros estavam bons, sem escritas nem grifos em página nenhuma, mas a borda inferior de quase todos tinha um desenho de caneta esferográfica de um testículo peludo.

— É meu ícone, na minha república — explicou o estudante. — É um...

— Eu sei o que é — Mitchell falou com dureza, até para ele.

Paula o fuzilou com os olhos. Estava tentando treiná-lo para ser mais leniente com os clientes. Era a campanha dela desde que ficara alta, aprendera palavras como reticente e descobrira que ele tinha defeitos.

Depois de o estudante da república ir embora, Paula disse:

— Estive pensando. Kate podia ajudar com minha conversação em espanhol.

Kate se aproximou do balcão como se fosse uma cliente.

— Não sou professora. Só morei no Peru por uns anos.

— Você é fluente?

Ele viu no rosto dela que era uma pergunta inflexível.

— Quando fui embora, conseguia dizer quase qualquer coisa que quisesse. Mas já faz seis anos.

Ela devia estar morando no Peru quando a esposa dele foi embora. Ele torceu, com uma onda de sentimento desconfortável, para que Kate tivesse sido feliz lá, que, se a vida dele e de Paula tivesse sido redirecionada, como o leito de um rio, ela fosse o recipiente daquela cheia. Preenchido por esse pensamento ebuliente, ele se dirigiu, por um motivo que tinha esquecido, à seção de antropologia.

Paula o encontrou lá, olhando perdido para as lombadas na prateleira.

— Ela disse que podia vir terça à noite. Tudo bem?

— Se você acha que vai ajudar.

— Eu já te disse que o Sr. Gamero nunca deixa a gente falar.

Ele não respondeu que ela nunca tinha mencionado isso antes.

* * *

Na livraria, Kate usava camisetas desbotadas por cima do jeans rasgado no joelho. Ele muitas vezes tinha vontade de brincar com ela, dizer que não era porque vendia livros usados que precisava vestir roupas usadas, mas achava que ela podia retrucar com uma piada sobre a ninharia que ele lhe pagava, então, evitava. Para a aula de espanhol, porém, Kate andou até a porta de entrada dele vestindo uma calça de lã da cor de *cranberry*. Terça era seu dia de folga. Talvez ela tivesse ido almoçar tarde no centro com Lincoln. Pior, podia ter tido uma entrevista de emprego. Era fácil de descobrir. Ela era do tipo que não consegue aceitar elogios. Se ele dissesse que estava bonita, ela ia falar o motivo, em vez de agradecer. Mas ele era do tipo que não consegue fazer elogios, então, só deu oi e a deixou entrar.

Paula saiu voando do quarto e arrastou Kate pelo corredor. A porta se fechou com um clique e ele não ouviu nada de espanhol, só risadinhas pela meia hora seguinte.

Ele tinha planejado resolver umas burocracias antes de começar o jantar, mas, quando se sentou à escrivaninha, puxou a candidatura de Kate para a vaga: 14/2/68. Como ele se lembrava. Ela tinha trinta e tantos anos, idade mais do que suficiente para ser mãe de Paula. Então, o que estava fazendo lá, rindo que nem uma menina do sétimo ano? O aniversário dela estava chegando. No Dia dos Namorados, além do mais. Talvez ela pedisse demissão antes disso. Capaz que ela esperasse um presente ou de ele querer dar uma lembrancinha e ela entender errado. Ou Lincoln entender errado.

Elas emergiram do quarto de Paula vermelhas e com lágrimas nos olhos. Ele rapidamente guardou a candidatura de volta na pasta.

— *Entonces, nos vemos el sábado, ¿no?* — disse Kate.

— *¿Sábado? Sí.*

Passaram pela escrivaninha sem notá-lo.

— *Bueno. Hasta luego, Paula.* — Ela adicionou meia sílaba extra ao nome da filha dele.

— *Adiós, Caterina.*

Elas se deram um beijo em cada bochecha, como se estivessem em Paris.

Ele acenou da cadeira, sem querer quebrar o fluxo com um inglês duro.

Quando, na terça seguinte, ela foi à casa deles, anotou seu novo número de telefone em um pedaço de papel (um extrato bancário, ele percebeu depois, que afirmava que ela tinha cinquenta e sete dólares e trinta e sete centavos na conta) tirado do bolso do casaco. Explicou que ia se mudar para mais perto da livraria.

— Com Lincoln? — quis saber Paula, e Mitchell para variar ficou grato por ela ser enxerida.

— Não — respondeu Kate, como se fosse dizer mais, mas não disse.

— Por que não? Ele tem dentes perfeitos. — Paula leu a pergunta no rosto de Mitchell e explicou: — Ela me mostrou fotos.

Bem depois de ela ir embora, ele interrompeu a leitura para começar o jantar e percebeu que o pedaço de papel ainda estava amassado em sua mão.

O segundo e último encontro de Mitchell depois da partida da esposa foi com uma mulher que trabalhava em uma seguradora ao lado da livraria dele. Às vezes, ela passava lá quando saía do trabalho e, embora falasse muito e só olhasse os livros grandes com fotos em cada seção, ele aceitou ir ao cinema quando ela o convidou. Escolheram uma comédia, mas ela não parava de cochichar no ouvido dele bem antes de cada piada, de modo que todos na plateia estavam sempre rindo, menos eles. Ele tinha saído do cinema insuportavelmente insatisfeito, bem mais insatisfeito do que devia ter ficado por perder piadas. Sentia-se abstrato e desconjuntado, e lhe ocorreu que a sensação era apenas uma leve exacerbação do que ele sentia o tempo todo. Mal podia esperar para voltar a seu carro no estacionamento e dirigir para longe. Mas ela estava num humor completamente diferente. Quase rodopiou pela rua, balançou contra ele de um jeito nada sutil e perguntou se ele queria tomar um café. Ele disse que não, sem dar desculpa.

No dia seguinte, enquanto ele desembalava um carregamento de sobras no estoque, ouviu-a pelo duto de ventilação. Ela estava ao telefone com uma amiga.

— Não — disse ela. — Não foi tão ruim. Na verdade, foi divertido... É, ele é, sim, mas eu meio que gosto... — Silêncio, depois uma gargalhada longa. — Quero... Está bem, detalhes. Vamos ver... O ponto alto? Ah, meu Deus. Vamos ver...

Mitchell deixou a caixa pela metade e voltou à entrada da livraria. Naquele dia, não ficou até a hora de fechar, em vez disso saindo às quinze para as cinco. Fez o mesmo por uma semana inteira até um fim de tarde quando sua ex-funcionária, a que veio antes de Kate, tinha um procedimento odontológico e ele precisou ficar. A mulher não veio.

Ela nunca mais passou lá. Ele a viu atravessando a rua uma vez, e outra vez ela estava atrás dele no Westy's, o delivery no fim do quarteirão, mas eles não se falaram. Ele não sabia dizer quando deixara de vê-la por completo, ela devia ter saído da seguradora fazia mais de um ano, talvez dois.

Ele escutou a nova mensagem de Kate no fundo do escritório enquanto ela estava lá na frente, no caixa: "Oi. Não estou em casa. Diga algo engraçado e eu te ligo de volta." Mas a voz dela não era esperançosa. Era a voz de alguém presa no Maine sem motivo nenhum. Ele desligou antes do bipe.

Os únicos momentos em que ele conseguia qualquer informação sobre ela eram às terças e aos sábados. No resto da semana, sem Paula, eles trabalhavam juntos com o profissionalismo ininterrupto que ele estabelecera na primeira semana dela. Era como se nunca tivesse estado em sua sala de estar nem dado risadinhas em espanhol com a filha dele. Ele muitas vezes torcia para Paula mencionar o nome de Kate à noite, deixar escapar algo sobre ela que ele não soubesse, mas isso nunca acontecia. Em vez disso, ela falava de professores, amigos, projetos, um show a que queria ir. Na aula de história, estava estudando Watergate e queria saber o que ele sabia do assunto. Seu amigo Aaron tinha sido estagiário em Washington naquele verão das audiências, um verão antes de Mitchell notar o nódulo duro na coluna dele. Ele e Aaron falavam muito ao telefone, às vezes até as duas ou três da manhã, conversas apaixonadas sobre as consequências do impeachment, e depois, naquele agosto quente, das renúncias. Paula esperou pela versão de Mitchell dos acontecimentos, mas o que ele mais lembrava agora em relação a Watergate era a sensação de ter dezenove anos em um apartamento de um quarto e o som – embora agora já estivesse silenciado havia tantos anos – da risada de hiena de Aaron.

Finalmente, quando ele começou a descrever a invasão, Paula disse que já sabia de tudo aquilo e, quando ele falou que era o fim de uma era, a inegável quebra de confiança do governo com seu povo, ela respondeu que o professor tinha explicado isso também. Então, ele contou a ela sobre seu apartamento de um quarto e como a risada de Aaron quase estourava seus tímpanos, e ela ficou inexplicavelmente satisfeita.

Na terceira terça-feira, quando Kate estava indo embora, o telefone tocou. Paula correu para atender. Era para ela, claro, então, Mitchell foi sozinho levar Kate até a porta. Ela estava arrumada de novo; tinha colocado o casaco com cuidado para não amassar a camisa macia cor de marfim. Seu cabelo era fino e liso, e provavelmente ela reclamara dele (como Paula reclamava do dela) a vida toda, mas era limpo, e brilhante, e macio. De novo, ele quis dizer como ela estava bonita, mas, em vez disso, disse que esperava que ela estivesse mantendo um registro detalhado de suas horas de tutoria. Ela assentiu com a cabeça para mostrar que estava e falou que ele não precisava ficar lembrando. Ele sentiu vergonha. Era sua frase recorrente; saía da boca quando queria dizer outras coisas a ela.

Ele a observou caminhar até o carro, que, durante a aula, tinha recebido uma leve cobertura nevada. Perguntou-se se ela ia tirar de todas as janelas ou só da frente e de trás. Ela não tirou de nenhuma. Só entrou no carro, ligou os limpadores de para-brisas e, sem olhar para o lado para vê-lo parado na janela sem se esconder, foi embora.

— Kate tem um encontro — disse Paula, pegando-o no pulo vendo o carro dela desaparecer na esquina.

— Com Lincoln? — perguntou ele esperançoso, mais confortável com um antigo rival do que com um novo.

— Eles terminaram. É com um cara que ela conheceu na livraria.

— Minha livraria?

— Ela só disse *tienda*, mas acho que sim.

— Ela te contou isso em espanhol?

— Não é pra isso que ela está aqui?

— *Sí* — tentou Mitchell, inquieto.

No dia seguinte, ele disse para Kate que ela teria que começar a colocar endereços nos cartões-postais da liquidação que ele fazia todo mês de abril.

— Não me incomodo de fazer, mas você sabe que é só dia primeiro de fevereiro, né?

Ele se lembrou do aniversário dela que estava se aproximando e do dilema do Dia dos Namorados, e disse:

— Tem mais de mil para mandar, então é melhor irmos começando.

Ele a colocou no escritório dos fundos e esperou sozinho o magro fluxo de clientes.

— Chame se precisar de ajuda — disse ela antes ser fechada lá.

— Pode deixar. — Mas ele sabia que, mesmo que houvesse uma fila de dez pessoas, não chamaria.

Em torno das duas da tarde, entrou um jovem vestindo uma parca verde-escura. Mitchell sabia que ele ia perguntar por Kate e, quando isso aconteceu, explicou que ela estava ocupada no momento. Tomou o cuidado de não indicar em que direção ela estava tão ocupada. Impassível, o homem quis saber onde ficava a seção de arte, depois foi para lá devagar, demorando-se na caixa de novidades, nas prateleiras de poesia, mitologia, psicologia, antes de chegar à de arte. Quando puxava um livro, ele o recolocava exatamente onde estava antes, nivelado com as outras lombadas e na beirada da prateleira, do jeito que Mitchell gostava. Mas a postura dele era ruim, e ele tinha cabelos emaranhados. Mitchell viu Kate olhando o relógio ao sair do escritório dele. Não conseguiu pensar em nenhuma maneira de impedi-la de se aproximar. Ela olhou pelos corredores até encontrá-lo.

— Ei — Mitchell a ouviu dizer.

— Como você está?

— Meio desorientada. — Ela flexionou a mão que estivera endereçando *flyers* pelas últimas cinco horas. O amigo dela não perguntou por que, e Mitchell ficou satisfeito por ser o único a compartilhar dessa informação com Kate. — Vamos — disse ela. Mitchell ficou desanimado.

Ela não havia mencionado que ia sair mais cedo. Precisava ficar até as seis. Ela contornou o balcão para pegar o casaco e o cachecol.

— Vou pegar alguma coisa no Westy's. Quer algo?

Ele tinha esquecido totalmente o almoço.

— Não — respondeu, embora, de repente, tenha ficado faminto. — Só sopa de cogumelos.

Era uma piada interna muito singela. Uma vez, havia cerca de quatro anos, o Westy's tinha servido, por um dia, a sopa de cogumelos mais deliciosa que ele já experimentara. Nunca mais a ofereceram, mas ele nunca parara de procurar no quadro de pratos do dia toda vez que ia lá. Ocasionalmente, fazia uma solicitação, mas o adolescente no caixa claramente não decidia nada em relação a sopas.

Os cantos da Commercial Street estavam cobertos por uma camada grossa e granulosa de gelo, e ele os viu atravessarem-na lentamente sem se tocar. Mas estavam conversando muito. Saíam nuvens azuis de fumaça da boca dos dois ao mesmo tempo. Eles abriram a porta do Westy's e desapareceram. Provavelmente iam comer em uma das cabines. Não dava para ele reclamar de, uma vez nos três meses em que trabalhava lá, ela almoçar no restaurante em vez de trazer a comida.

Havia um casal na sala mais distante, sussurrando na seção de ficção. Ele estava colocando preço em uma pilha de livros que tinha acabado de comprar de um compositor, mas, agora que Kate tinha ido embora, perdeu a concentração. Andou pelo corredor que o amigo dela havia escolhido e puxou, um a um, os livros que ele olhara. Cada um era uma obra decente em um mar, reconheceu ele com uma vergonha familiar, de livros medíocres. Ele gostaria de ter uma seleção intensamente intelectual – sem poesia confessional, sem psicologia de massa, sem porcarias para decorar a mesa de centro. Mas, do jeito que estava, os negócios já eram precários. A maioria dos intelectuais eram como o compositor: vendiam, não compravam. Havia alguns dias, uma mulher aparecera com amostras de tecido e pedira que ele lhe encontrasse livros apenas daquelas cores. Na semana anterior, um homem estava procurando *Guerra e paz*, e, quando Mitchell explicou que, temporariamente, estava sem nada de Tolstói, o homem perguntou se ele tinha aquele livro de algum outro autor. Era uma época horrível para livros.

— Ei, onde você está? — Ela puxou a manga dele. — Eu consegui! Sopa de cogumelos! — Ela mostrou os dois potes. Estava com o sorriso mais largo que ele já vira. O nariz dela estava vermelho, escorrendo e lindo. — Acho bom ser tão gostosa quanto você prometeu.

Será que ela ainda não tinha comido? Onde estava o cara de casaco verde? Quanto ele devia a ela? As perguntas se acumularam, mas ficaram presas atrás do nó apertado na garganta dele.

Sempre havia um banquinho atrás do balcão e outro que ele usava para segurar a porta aberta no verão, agora ao lado do cabideiro que ninguém usava. Antigamente, ele queria que a loja fosse um lugar aconchegante, o tipo de lugar em que você entra e pendura seu casaco para ficar um tempo, mas nunca foi. Ele nunca dera a cliente algum a impressão de que queria que ficasse um tempo. Kate achou esse banquinho e arrastou lá para trás, de modo que os dois tinham ficado lado a lado, uma caneca de sopa de cogumelos no balcão à frente de cada um.

Ela deu um gole. Seus olhos se fecharam.

— Eu esperaria quatro anos por esta sopa — falou.

Ele sentiu que ia explodir. Havia lido sobre esse sentimento em romances, mas tinha certeza de que nunca o experimentara. Conhecer sua esposa lhe trouxera prazer, ou uma espécie de alívio, a resolução do mistério de com quem passar a vida – ou era o que ele achava. Mas, na verdade, ele era razoavelmente satisfeito antes de conhecê-la, conversando ao telefone com Aaron, comendo atum em seu quartinho, lendo a pilha de livros emprestada da loja que agora era dele.

Mitchell desejou que sua caneca de sopa nunca acabasse.

Eles fizeram um longo almoço. Os clientes, como sempre, eram irritantes e interrompiam. Ficavam piores com aquele tipo de clima. Os olhos das pessoas perdiam o foco. Elas frequentemente esqueciam o que estavam procurando e ficavam paradas nos corredores. Quando uma senhora idosa finalmente saiu porta afora, Kate resmungou, imitando a forma como ele reagira à gratidão dela por ele ter encontrado um livro.

— Era *Middlemarch* — explicou ele.

— Que é um livro ótimo.

— Eu sei que é um livro ótimo. — Ele estava ciente de quanto soava como Paula quando se queixava. — Mas ela já não devia ter lido? Ela só tem cento e trinta e sete anos.

— Ela pode estar lendo pela centésima trigésima sétima vez. Ou pode dar à neta. Ou bisneta. — Ela parecia estar se divertindo, completamente desinteressada em mudá-lo. Ele sabia que, no início, era assim com todo mundo. Também sabia que talvez significasse que ela simplesmente não ligava para ele.

Mitchell tentou pensar no que realmente o incomodara na idosa. Pela primeira vez na vida, o pensamento instantaneamente virou discurso antes de ele conseguir impedir.

— Que saudade da Sra. White.

Kate levantou os olhos da sopa.

— Uma senhora que vinha sempre aqui.

— Como ela era?

Mitchell não pensava na Sra. White de verdade havia muito tempo. Hoje em dia, quando pensava nela, era só um sentimento, não uma pessoa, só uma saudade profunda. Ele não a conhecera muito bem. "Descansa", ela costumava dizer a ele ao entrar. Sentava-se na poltrona cor-de-rosa dura na seção de ciências, lendo Stephen Jay Gould. Eles uma vez tinham rido quando uma menina poucos anos mais velha do que Paula passara ágil pela loja até a foto de Thomas Pynchon na parede dos fundos e caíra em lágrimas. Era, na época, a única foto existente de Pynchon, e pouca gente já tinha visto, uma reprodução daquela foto do anuário do ensino médio, com dentes de cavalo.

— A única pessoa que devia chorar por essa foto é a mãe dele — comentara a Sra. White.

Kate deixou que ele ficasse em silêncio. Não tentou reformular a pergunta nem fazer outra. A Sra. White teria feito o mesmo. Como ela era? *Ela era como você*, percebeu ele, vendo Kate raspar o restinho de sopa com uma colher de plástico.

— Ela era como você — disse ele, incrédulo.

No dia seguinte, ele não suportou que ela ficasse tão longe e falou, correndo o risco de ela arranjar mais encontros, que só precisava passar uma hora do dia endereçando *flyers*. Ficou no balcão com ela, mas falaram muito pouco. Ele debruçava-se sobre as caixas de livros que as pessoas traziam de seus carros, ela pegava o dinheiro dos clientes, e, no meio-tempo, eles colocavam preços em silêncio. Ele queria perguntar se ela estava planejando voltar a morar em San Francisco ou se mudar para outro lugar, mas, toda vez que ensaiava mentalmente, parecia uma pergunta de chefe, não de amigo. Logo antes do fechamento, um cliente foi até o balcão e perguntou se eram parentes.

— Vocês dois têm exatamente o mesmo tipo de olho — falou. Ele estava bêbado, e o comentário era absurdo. Kate tinha olhos castanhos afetuosos, com pálpebras grossas, e os dele eram de um verde desconfiado e estreito. O homem não estava de casaco, e eles o viram sair trôpego no ar congelante. Tomaram o cuidado de não olhar nos olhos um do outro. Tinha sido ainda ontem o dia da sopa de cogumelos, mas já estava distante.

Mitchell se consolou pensando em sábado, depois de amanhã, quando Paula estaria com eles. Mas, naquela noite, ela avisou que tinha ensaio da peça de manhã – ela havia sido escalada como

Rooster, em *Annie* – e que a amiga dela, Holly, a tinha convidado para ir à casa dela depois.

Quando ele se recuperou do golpe, viu no calendário que o dia 14 de fevereiro caía numa terça-feira, a quinta terça-feira de aulas de espanhol.

O sábado e a terça vieram e se foram, sem mudança. Na quarta e na sexta, nevou. Ele acordou no meio da noite pensando na neve grudada nas pontas do cabelo de Kate e na curvatura das costas dela quando ela se sentou no banquinho, depois se repreendeu até amanhecer. Tentou pensar em como mencionar, casualmente, para Paula que o aniversário de Kate estava chegando. Mas, como sempre, ela estava três passos à frente.

— Eu me esqueci completamente de te falar — disse ela no jantar. — Chamei Kate para ficar para jantar nesta terça. É o *cumpleaños* dela.

— Aniversário dela? — ele fingiu incerteza.

— Você anda escutando do outro lado da porta, pai?

Ele bem que queria ter essa coragem.

— O que a gente pode comprar para ela? — perguntou Paula.

— Que tal um broche? — sugeriu ele.

— Um broche? O que é isso?

— Sabe, uma coisa brilhante de prender. — Ele colocou os dedos no peito.

— Meu Deus do céu. Você não pode estar falando sério.

— Então, faz alguma coisa para ela.

— Tipo o quê?

— Sei lá. Um desenho. Um colar. Ou que tal fazer aquilo que você fazia com o cascalho?

— Pai!

Mitchell, lembrando as horas que Paula passava com o polidor de pedras, lamentou ter perdido a entrada da casa como fonte primária de entretenimento e presentes. Ele sabia que ia ter que levar Paula ao shopping.

Naquele domingo, eles viram Kate lá, na praça de alimentação. Ela estava sozinha, comendo um burrito. Tanto ele quanto Paula tiveram o mesmo impulso irracional de se esconder, por medo de que ela adivinhasse o objetivo deles, e de segui-la pelas lojas para descobrir suas preferências. Depois do almoço, ela foi aos balcões de perfumes na Macy's. Uma vendedora ofereceu um pouco de pó num pincel, mas Kate fez que não com a cabeça e disse algo que fez a mulher rir. O peito de Mitchell se contraiu por não ter acesso às palavras. Depois, eles a viram costurar pelas lojas menores, com suas serpentinas vermelhas, e corações brilhantes, e lembretes espalhafatosos como MEU AMOR e ALGUÉM ESPECIAL.

— Ela parece triste — comentou Paula.

Mitchell ficou aliviado por ela ter notado. Achou que era só um pensamento tendencioso dele.

Kate não comprou nada. Eles a viram sair do shopping, procurar o carro no estacionamento, depois ir na direção dele. Não havia nada lá fora – nem acima ou abaixo, nem nas árvores atrás do shopping – que não tivesse algum tom de cinza.

O frio havia diminuído, e tudo que fora sólido agora era um lodo grosso e sujo.

— É uma época do ano horrível para se fazer aniversário.

Paula concordou. Eles ficaram parados na porta pela qual

Kate tinha saído. Ela destrancou o carro, levantou o casaco longo atrás do corpo, fechou a porta e ficou sentada por pelo menos um minuto antes de ligar o motor. Ela nascera em Swanton, Ohio. Tinha removido o apêndice aos nove anos. Não gostava de pimentão-verde cozido nem de gente usando fantasia, nem de nada escrito por Henry James. Tinha uma pinta no couro cabeludo, bem onde começava a risca do cabelo. Apenas com esse punhado de fatos, admitiu a si mesmo, enquanto Paula desenhava corações nas nuvens que soprava no vidro laminado, que ele havia passado a gostar dela de verdade.

Eles compraram um broche e voltaram para casa.

A esposa dele tinha ido embora porque, alegou, ele era completamente fechado. Ela disse que a maior emoção que ele já demonstrara tinha sido durante um debate sobre a forma como ela usou a vírgula em um bilhete que escrevera sobre as compras de mercado.

Não tinha motivo para nada ser diferente, para ele agora ter capacidade de fazer outra pessoa feliz. Ele era a mesma pessoa. Sempre fora a mesma pessoa. Ficava maravilhado com como, nos livros, as pessoas olhavam para trás com carinho, lembrando-se de si mesmas como se fossem conhecidos distantes. Mas ele nunca tinha sido nada que não esse único eu. Talvez fosse porque, fisicamente, houvera pouca mudança; ele não havia perdido cabelo, nem ganhado peso, nem cultivado uma barba. Lera muito nos últimos vinte anos, mas nada que ameaçasse sua visão de mundo ou seu minúsculo lugar nele.

Apesar disso, na quinta terça-feira, a massa de lasanha tremia em suas mãos enquanto Mitchell a colocava no refratário, durante a aula de espanhol delas. Nervoso como uma adolescente. Ele se perguntou de onde vinha aquela expressão, já que nunca vira Paula se comportar assim.

"Nervoso como um livreiro de quarenta e dois anos" devia ser o ditado.

Kate tinha chegado com uma caixinha de bombons em formato de coração, que ele deixara na mesa da sala. Ele ficara tão surpreso com o presente que não notara o resto e agora não conseguia imaginá-la no quarto de Paula, sentada ao pé da cama onde elas sempre se sentavam (ele muitas vezes via a marca depois de ela ir embora). De vez em quando, conforme preparava o jantar, Mitchell olhava de relance pela porta aberta para a caixa de bombons.

Estava colocando a lasanha no forno quando Kate passou voando.

— Aonde você vai? — disse ele, incapaz de esconder seu horror quando ela jogou o casaco por cima dos ombros, sem se dar ao trabalho de enfiar os braços nas mangas, e estendeu a mão para abrir a porta.

— Eu já volto. — A porta bateu com força, e ele escutou o grito vindo da calçada: — Ela vai ficar bem.

Ele entrou no quarto da filha. A porta estava aberta, mas ela não estava lá. Na colcha em cima da cama havia uma mancha vermelho-escuro e alguns fios mais claros. A porta do banheiro dela estava fechada. Ele ficou parado na frente da porta, em silêncio.

— Eu estou bem, pai. — Ela parecia estar de ponta-cabeça.

— Tem certeza? — Ele não conseguiu controlar o tremor na voz.

— Kate foi buscar umas coisas.

Ele na verdade já tinha "coisas" no banheiro dele; havia comprado fazia anos.

— Que bom — disse ele. As escolhas de Kate seriam melhores.

Ele ficou contente por não estar reagindo de forma exagerada, por entender na hora o que tinha acontecido e não ter chamado uma ambulância. E, aí, ele olhou para baixo e viu o sangue de perto. Estava segurando a colcha nos braços. Ele não se lembrava de tê-la tirado da cama. Era uma colcha que a mãe dele tinha feito e embaixo da qual ele dormia quando criança. As manchas e traços pareciam alertas. Logo, Paula começaria a reclamar que ele não a entendia, não a valorizava, não a amava o bastante, quando, na verdade, ele a amava tanto que, muitas vezes, parecia rasgar seu coração. Mas as pessoas sempre queriam palavras para tudo aquilo que te revirava por dentro.

— Como você está? — arriscou ele.

— Bem. Meio esquisita.

— Sua mãe tinha cólicas terríveis — disse ele pela fenda da porta. Ele esperou o aperto que vinha quando falava sobre ela, como se alguém tivesse agarrado os pelos de seu peito. — Às vezes, ela também ficava com dor de cabeça. Tomava uns comprimidos de ferro. Provavelmente, a gente ainda tem. São verdes, num frasco branco. — Ele esperou, mas a sensação de aperto não veio. — E ela teve um parto-relâmpago quando você nasceu, sabia? Trinta e cinco minutos, acho. Mal conseguimos chegar ao hospital. Não que você queira pensar nisso agora.

O couro cabeludo dele começou a suar. Cala a boca, disse a si mesmo.

— Uma vez, ela estava de calça branca e...

— Você tem saudade dela, pai?

— Não. — Ele ficou chocado com aquela verdade.

— Eu também não sinto mais. Acho que devia sentir. A única coisa que lembro é ela me levando a pé para a escola e segurando minha mão, e me dando uns abraços apertados na entrada. Mas eu sempre sabia que, no minuto em que ela virava as costas, eu saía totalmente da sua cabeça. Não era que nem você. Eu sabia que você estava sempre pensando em mim.

Ela agora estava revisitando, criando novas memórias a partir do que lhe tinha sobrado, mas mesmo assim os olhos dele arderam.

Quando Kate voltou da farmácia, ele se retirou para a cozinha. Conseguiu ouvi-la ensinando Paula, primeiro no banheiro e depois pela porta. Às vezes, o tom era sério e preciso; outras vezes, as duas estavam rindo. Depois de muito tempo, ela entrou na cozinha. Viu-o parado lá no meio do cômodo, sem fazer nada. Tocou a colcha nos braços dele.

— Se eu passar água fria agora, não vai manchar.

— Eu passo. — Ele foi pelo corredor estreito dos fundos até a lavanderia com o tanque grande, e ela foi atrás. Ele nunca imaginaria que ela viesse atrás.

Ele abriu a torneira. Ela segurou a colcha e passou devagar para ele as partes manchadas. Eles precisaram lavar pedaço a pedaço, torcendo uma parte antes de começar outra. Ele desejou, como num conto de fadas, que um feitiço fosse colocado no tecido para ele nunca acabar e os dois poderem passar o resto da vida bem ali, lavando e torcendo.

— Pode ser que você precise desdizer algumas coisas que eu falei para ela enquanto você saiu. Tagarelei sobre suplementos de ferro e gravidez, e provavelmente assustei um monte a menina.

— Você tagarelou? Achei que fosse o homem mais reticente do mundo.

— Eu tagarelo mais ou menos a cada quarenta e dois anos.

Ela ainda estava de casaco. Devia ter recomeçado a nevar. Flocos derretidos sobre ela brilhavam como estrelas. Ele ouviu o apito do *timer*, depois a porta do forno se abrindo com um guincho.

Eles penduraram a colcha no varal que ele estendera pelo cômodo anos atrás. Quando terminaram, ele só conseguiu ficar olhando para ela. Ela o olhou de volta atentamente. Paula os chamou para jantar, mas não fizeram menção de ir para a cozinha.

— Por que você acha — perguntou ele — que aquele homem disse que temos olhos iguais?

— Talvez ele tenha visto algo similar neles.

— Tipo o quê?

— Medo. — Ela desviou o olhar. Ele tinha esquecido como essas conversas podiam ser decepcionantes. — Desejo — adicionou ela, rapidamente.

Amor, pensou ele. Logo, aquilo sairia. Palavras e sentimentos estavam todos revirados dentro dele, encontrando-se como partes perdidas de um átomo. Ele não tentou separá-los nem os afastar. Deixou que flutuassem na nova plenitude de seu peito.

Ela levou a mão ao rosto dele. Não era o rosto que outras mulheres haviam tocado. A pele não era a mesma. Suas terminações nervosas tinham se multiplicado. Ele sentia cada um dos dedos dela, seus tamanhos e temperaturas diferentes. O estômago dele deu um longo nó em antecipação de tudo que seus lábios sentiriam.

Ele a puxou para perto, mas nessa hora Paula dobrou a esquina do corredor, e eles deram um pulo para trás. A filha, porém, estava com um sorrisão. Pegou cada um pelo braço e os levou para jantar. Tinha acendido uma vela e servido suco de maçã em taças de vinho. Colocara o coração de bombons no lugar dele. A lasanha fervilhava no centro da pequena mesa, e Kate estava sorrindo, e Mitchell sentiu, mesmo que só por aquele momento na cozinha, mesmo que só por aquela única noite de inverno, que talvez não precisasse de um feitiço para aquilo jamais terminar.

COMBINA
COM A
DORDONHA

No verão de 1986, um antes de eu começar o ensino médio, meus pais foram passar oito semanas na Dordonha. Meu pai estava doente e pensava-se que a França, onde ele havia estudado quando jovem, possibilitaria sua recuperação. Pelo escritório de empregos da universidade, minha mãe contratou dois alunos de segundo ano para cuidar da casa enquanto estivessem fora do país. Como eu vinha com a casa, esses dois universitários também eram obrigados a cuidar de mim.

Morávamos no fim de uma rua curta em um bairro tranquilo. Nossa casa era grande e cinza, excepcionalmente grande para três pessoas, embora eu só tenha percebido isso quando Ed e Grant chegaram em um Pontiac vinho naquela primeira tarde. Os dois mantiveram uma postura responsável ao meu lado enquanto acenávamos para meus pais. Grant talvez tenha murmurado algum consolo, quando desapareceram na esquina, sobre como iam voltar antes que eu percebesse. E aí, depois de uma pausa respeitosa, eles se soltaram.

Ed entrou correndo na casa e circulou pelos cômodos como um cachorro solto da coleira, subiu a escada da frente e desceu pelas escadas estreitas dos fundos, gritando e gritando de novo, até a varanda do terceiro andar, onde chamou Grant e a mim, ainda parados no corredor da frente. Assim que olhamos para cima, ele soltou um glóbulo verde-claro que caiu bem na bochecha de Grant. Ele mal se mexeu, limpou-se com a borda da camiseta e subiu correndo as escadas. Eu os ouvia em um andar, depois no outro, descendo pelo corredor dos fundos até o escritório do meu pai – não falei para não entrarem, embora estivesse gritando isso mentalmente – e contornando até os quartos das minhas irmãs, o antigo quarto do meu irmão, todos os quais haviam se mudado antes que eu pudesse me lembrar de terem morado aqui, os quartos ainda parados nos anos 1970: as portas das meninas cobertas com adesivos de McGovern-Muskie, a do meu irmão, com os de Nixon-Agnew e Ford-Rockefeller.

Fiquei imóvel no corredor de baixo, não de medo, mas de assombro, revelação. Eu só tinha visto as pessoas se comportarem de uma única forma naquela casa, prudente, lacônica, em códigos que eu não entendia, mas havia aprendido a imitar. E ali estava outra forma.

Eu era um bebê martíni, concebido, tenho certeza, depois de drinques demais no fim de julho de 1971. Meus pais já tinham sua família: duas meninas no internato, um menino prestes a entrar no sétimo ano. Meu pai tinha cinquenta e um, minha mãe, quarenta e sete. Deve ter parecido levemente obsceno, na época, uma mulher da idade dela engravidar. Eu era uma profunda inconveniência. Isso já era claro, embora eu não conseguisse pôr em palavras. Era puramente visceral, uma vergonha confusa presa em meu âmago, a sensação de que eu tinha sido terrível, terrivelmente ruim, mas sem conseguir lembrar o que tinha feito de errado.

Minha mãe tinha feito um tour pela casa com Ed e Grant durante a entrevista, mostrando-lhes os disjuntores, e o aquecedor de água, e os extintores de incêndio. Ela os levou à casa da piscina e explicou o trinco do banheiro, falou que um homem chamado Chuck viria toda quarta limpar e colocar cloro na piscina. Entrou na casa com eles de novo e deu para cada um copo de chá gelado com um galho de hortelã fresca, que crescia atrás do alpendre da porta dos fundos, e perguntou se tinham alguma dúvida.

Foi Grant quem perguntou de mim.

— Pode falar um pouco do seu filho? — Acho que ele ainda não sabia meu nome. — Quando ele tem que ir dormir, do que gosta de comer, até onde pode ir de bicicleta.

— Ah, ele se cuida sozinho muito bem, na verdade. — Ela me deu um sorrisinho. — A agenda do clube fica bem aqui na geladeira, se tiver alguma dúvida sobre onde ele devia estar.

Eram só dois meninos, homens jovens, acho. Nada particularmente especial em nenhum deles. Ed vinha de New England, uma pequena cidade no norte do Maine, e Grant, da Pensilvânia. Ed falava pouco da família, exceto em vinhetas curtas e bem amarradas, como o pai comprando uma vaca para a sogra no Natal porque, sempre que ela ia visitá-lo, reclamava que o leite estava estragado. Mas Grant me contava longas histórias sobre os casos amorosos de suas irmãs, a batalha da mãe contra a poliomielite, as cinzas do pai espalhadas no jardim e como ele tinha medo, quando pequeno, de tocar as flores que cresciam lá.

Naquela primeira noite, comemos uma caçarola de frango com macarrão e ervilhas, além de batatinhas fritas, tudo do freezer no porão.

— Lá embaixo é melhor que um supermercado — comentou Grant quando subiu com o braço lotado de caixas. Eles tinham carta branca no mercado, só precisavam assinar, mas Grant amava bem mais explorar o porão.

Ele fez jantar, enquanto Ed se sentava à mesa da cozinha tomando uma cerveja Schlitz. Mas ele não se sentava lá, mórbido, que nem meu pai fazia às vezes à noite, se forçando – ou talvez sendo forçado pela minha mãe – a estar presente. Ed colocava a cadeira num ângulo diferente, punha um pé em cima do outro e jogava conversa fora. Ele era ótimo em jogar conversa fora. Eu não estava muito acostumado com isso.

— Há quanto tempo terminaram suas aulas? — Ele tinha um sotaque que eu nunca ouvira antes. "Aulas" soava como *aola*. Parecia escocês ou algo assim.

— Amanhã vai fazer três semanas. — Tinham sido três semanas tediosas e solitárias. Eu odiava as aulas de tênis e tentar acertar a lata de tinta em troca de uma Coca quando sacava, e as aulas de vela com todas as instruções sobre cabrestantes, e adriças, e dobrar e desdobrar as velas, e nunca ter tempo na água.

— Três *semanas*? Minha irmã mais nova só saiu de férias ontem.

— Escola particular — disse Grant por cima do ombro.

— Ah, é? Vocês pagam para ter férias mais longas? — perguntou ele a Grant. E, aí, a mim: — Você gosta das *aolas*?

— Não muito.

— Você gosta de alguma coisa?

Pensei. Eu queria gostar de alguma coisa. Eu gostava deles, de Ed e Grant, mas não ia dizer isso.

— Pelo jeito, não — disse ele. — Estou tentando pensar no que eu gostava quando tinha sua idade. Quantos anos você tem? Não, espera, deixa eu adivinhar. — Ele fingiu amarrar um lenço na cabeça e apertou os dedos nas têmporas. — Você tem catorze anos, quatro meses e um dia.

Fiz as contas. Ele acertara com precisão.

Ele começou a rir quando arregalei os olhos.

— Seu pai guarda seus passaportes na gaveta da escrivaninha.

As palavras dele me atingiram como um tapa.

— Então, vejamos — continuou Ed. — Aos catorze anos, três meses e um dia, eu amava Celia Washburn. Amava tanto que minha mandíbula doía e...

— Você não pode entrar naquele escritório. *Nunca*. Tem que prometer.

Senti Grant se virando atrás de mim. Vi Ed olhando para ele. Estavam tentando não rir da voz possuída esquisita que tinha saído de mim.

— Tá bom. Prometo — falou Ed. Ele mudou a posição das pernas e tomou um gole de cerveja. — Então, minha mãe me levou ao médico por causa dessa dor na mandíbula, e ele disse que eu tinha que parar de apertar tanto e quis saber quando eu apertava, e eu falei que sempre que pensava em certa garota, e ele e a enfermeira riram. Minha mãe estava na sala de espera. Aí, começamos a falar de outras coisas, e eu contei que minha mãe não me deixou jogar beisebol naquele ano porque meu primo tinha tomado uma pancada na cabeça no campo externo, o tosco. Então, quando o médico chamou minha mãe, disse que eu estava meio estressado e que ela devia me deixar jogar beisebol para relaxar.

Grant estava gargalhando.

— Ah, os joelhos brilhantes e o rabo de cavalo longo de Celia Washburn — comentou Ed. — Você gosta de alguém?

Eu gostava, claro. Loucamente. Mas fiz que não com a cabeça. Ed soltou um assovio.

— Meu Deus do céu, você mente muito mal! *Le pire*! Deixa pra lá. Com o tempo, eu arranco de você, bonitinho. — Ele levou a cerveja aos lábios, depois apoiou-a de novo. — Então, fora ela, que por enquanto ficará sem ser nomeada, no que você pensa?

O que, como diria o professor Marcus, lembra, Grant?, faz seu coração cantar?

Fiquei muito desconfortável com todo esse interrogatório, mas ao mesmo tempo gostei. Só que não tinha resposta. Nada fazia meu coração cantar. Nem Becca Salinero fazia meu coração cantar. Fazia doer.

— Nada? Nada faz seu coração cantar? — Ed virou a cabeça para Grant, no fogão. — O que faz o seu coração cantar?

— Caçarola de frango com macarrão. A Lua cheia e a Lua bem fina. Manhãs de domingo quando o *New York Times* não está esgotado. Minhas sobrinhas e sobrinhos. Minha bicicleta azul. Yeats. E às vezes, Herman Hesse.

— Hermann Hesse. *Le pire*!

— *Narciso e Goldmund* — completou Grant.

— Ah, vai. Se você precisar ler um alemão, leia Mann, não esse peso-pena.

— Quatrocentas páginas sobre um cara embrulhado num cobertor de pelo de camelo? Não, valeu.

— O que faz o seu coração cantar, Ed? — tentei.

— O venerável estado do Maine.

— Então, por que você não está lá agora?

— Ah, meu Deus — disse Grant.

— É a Disney no verão. Irreconhecível. Hollywood. Detesto.

— Bom, foi impressionantemente conciso. — Grant me entregou as ervilhas e disse baixinho, mas ainda audível para Ed: — Às vezes, *esse* assunto pode continuar noite adentro.

— Bem, não quis assustar o garoto aqui logo de cara.

Comemos. A comida, apesar de familiar, estava mais gostosa do que quando minha mãe fazia. Escutei-os falar sobre os empregos de meio período que tinham acabado de começar. Grant trabalhava no turno do almoço numa lanchonete na estrada e Ed pavimentava a entrada das casas. Grant disse que tinha medo de ir dormir porque vivia sonhando com molho de carne e com jogá-lo nas xícaras de café das pessoas, servindo nos sapatos. Ed falou que, no fim do verão, seus pulmões estariam pavimentados.

Grant tinha esquentado uma torta congelada de mirtilos. Juntamo-nos ao redor dela quando foi tirada do forno. Ele começou a cortar e Ed disse:

— Eu sei como você vai fazer isso, uma mísera fatia por vez, sendo que sabe muito bem que vamos comer o negócio todo. Dá aqui.

Ed pegou a faca dele, cortou a torta em três partes e colocou uma bola de sorvete em cada uma das enormes fatias. Comemos na varanda. Era uma noite quente e úmida, e a torta quente e o sorvete gelado combinavam perfeitamente. Como estava quase escuro, nosso gramado parecia azul. Ouvíamos os sons de uma festa no fim da rua, o ruído de conversas masculinas e a voz risonha de uma mulher cortando, dizendo: "Não, não, não conta para eles!".

— Não, não, não conta para eles — repetiu Ed em falsete. — Não conta, Harold, sobre nosso enorme fetiche com animais!

Tudo que ele falava parecia a coisa mais engraçada que eu já escutara.

Ed terminou sua torta antes de Grant e de mim. Colocou o prato no chão da varanda ao seu lado e pôs o garfo com cuidado na posição lateral.

— Ser rico é muito civilizado — comentou. — Muito sereno.

Sempre tinham me dito que éramos de classe média. Rico era outra coisa. Iates e jatinhos privados. Lembrei-me dos meus pais e do seu voo de avião. Naquele momento, eles estariam atravessando o oceano. Eu não sabia o que era uma crise nervosa, mas sabia que era isso que acontecia sempre com meu pai.

Escutamos um *splash* de longe. Aí, Ed começou a rir.

— Ouvi aquela pessoa mergulhar numa piscina e pensei: que sortudo, e aí lembrei que *nós temos* uma porr* de uma piscina. — Ele tirou a camiseta. — Quem quer nadar?

Eu nunca nadara na piscina à noite. Era assustador demais ser o único lá, minhas pernas e meus braços brancos como os de um polvo. Mesmo naquela primeira noite com Grant e Ed, fiquei um pouco assustado e envergonhado. Eles tiraram a roupa toda, mas não consegui. Coloquei a sunga que estava pendurada na casa da piscina. Eles não disseram nada. Eu não ficava pelado na frente de ninguém desde bebê, e acho que nem naquela época. Minha vida toda, minha mãe me entregava coisas do outro lado de uma porta fechada, só o braço dela esticado com uma toalha, um sabonete ou o que quer que eu precisasse. Uma vez, quando tinha oito ou nove anos, escorreguei saindo da banheira, e ela teve que chamar meu pai para me pegar. Lembro como a jaqueta de lã dele era áspera contra minha pele molhada.

Com a grande lâmpada submersa do fundo, tudo ficava verde-limão. Nossos mergulhos pareciam fosforescentes. Eu percebia o corpo deles, ficava fascinado pelo corpo deles. Ed era menor e mais compacto do que Grant, com bulbos firmes atrás das panturrilhas e uma barriga com pequenas faixas musculosas. Tinha um cabelo grosso, mas o peito era liso, macio como borracha. Grant era alto e esguio, mas solto, estranhamente carnudo para alguém que, de roupa, parecia tão magro. Dois pequenos acúmulos de pele se penduravam de seus quadris estreitos, como se acostumados a cair ali por cima de um elástico. Ele tinha um cabelo castanho fino, pelos esparsos do mesmo tom no peito, mas, ao redor do pênis, os pelos eram bastante ruivos.

Ed me achou no raso, olhando Grant pendurado no trampolim.

— Você acha que ele tinge?
— Eu escutei — gritou Grant para nós.
— E aí, tinge? — gritou Ed de volta.

Grant caiu na água e nadou pelo fundo até nós, suas longas pernas fazendo todo o trabalho, a bunda apertada, depois solta, apertada, depois solta, quadrada e macia.

Grant irrompeu pela superfície e agarrou Ed em um golpe de luta livre, e os dois lutaram e se jogaram na água, e jurei que conseguia ouvir minha mãe ao lado da piscina dizendo: *Nada de algazarra na piscina, vocês podem se afogar*. Embora eu não soubesse em que momento ela disse isso na vida. Quem sabe quando meu irmão era novo e eu estava vendo do colo dela. Eu tinha dificuldade de pensar no meu irmão – Frank era o nome dele – como meu irmão. Ele era treze anos mais velho, mais como um amigo dos meus pais que vinha de vez em quando tomar um drinque. Para mim, parecia que estava sempre de gravata, até aos sábados. Ele morava na cidade e minha mãe lamentava quão pouco nos visitava, quanto trabalhava. "Ele gosta", dizia com frequência meu pai. "Tem coisa pior do que trabalhar demais." Era raro Frank falar diretamente comigo, embora eu achasse que falava bastante sobre mim, pois tinha consciência de um ruído de conversa, como grilos à noite, que recuava quando eu chegava perto e era retomado quando saía da sala. Eu achava que era sobre mim, mas podia ser sobre outra coisa.

Em certo ponto, Grant segurou Ed embaixo da água por muito tempo, tempo demais, acho, e, assim que abri a boca para falar isso a ele, Ed deu uma cotovelada forte na barriga mole do amigo. Grant o soltou com um gemido longo, e a cabeça de Ed saiu pela água gritando:

— Mas que porr*? — E Grant pareceu estar chorando, embora fosse difícil de saber com as sombras verdes estranhas e toda a água que já tinha no rosto dele.

Grant saiu, amarrou uma toalha na cintura e entrou para lavar a louça. Ed ficou nadando para lá e para cá na piscina. Tive receio de a briga ser como as que meus pais tinham, algumas palavras duras seguidas por dias de silêncio. Mas, depois de Grant terminar na cozinha, ele saiu de novo com uma cerveja, que colocou na borda da piscina. Ed foi deslizando até lá e bebeu parado no raso. Fez uma piada em francês, e Grant riu, e as coisas ficaram tranquilas de novo.

Depois, nos sentamos na varanda. Eles tinham se vestido de novo, o que foi mais confortável para mim, embora eu ainda não ficasse inteiramente confortável perto deles e me visse tremendo de nervoso apesar do calor. Eles tomaram cerveja, e Ed sugeriu que eu tomasse uma, mas Grant negou.

— Não acredito que a sexta ainda não chegou — comentou Ed.

— Não é nem terça.

— O cheiro daquele negócio. — Ele estava falando do asfalto líquido. — *Le pire*.

— Por que você sempre fala "*le pire*"? — perguntei.

Ele fez uma careta muito francesa, uma carranca de pensamento, com as sobrancelhas para cima. Levantou as palmas da mão para mim.

— Combina com a Dordonha.

Acordei no meio da noite. Alguém tossia embaixo da minha janela. Sentei-me e vi Ed na varanda dos fundos tirando biscoitos de um pacote barulhento. Ele comeu cinco de uma vez, depois acendeu um cigarro.

— F*da-se — ouvi-o dizer. — F*da-se essa merd*.

Entrei no escritório do meu pai. Era um cômodo grande, originalmente um quarto. As paredes eram cobertas de estantes. Estavam apinhadas de livros, jornais e diários em nenhuma ordem particular. Fora a faxineira na primavera que pegou tudo que estava espalhado havia anos e foi enfiando nas prateleiras. A escrivaninha dele ficava num dos cantos, uma cadeira de cada lado, a superfície agora limpa e vazia. Era uma escrivaninha antiga, com couro verde no tampo e puxadores grossos de latão nas gavetas. Sentei-me e abri cada uma, procurando a arma que já não estava lá. Aí, virei-me para a parede, enfiei meu dedo no buraco entre o diploma dele da Sorbonne e uma antiga pintura do mar.

Escutei uma tosse no corredor e, aí, uma batida na porta.

Virei na cadeira de rodinhas, limpando o gesso do dedo.

— Posso entrar? — perguntou Ed, já entrando e vindo na minha direção.

Ele se sentou na cadeira do outro lado da escrivaninha. Tentei bloquear a visão dele, mas ele viu mesmo assim, o buraco e as fissuras no gesso ao redor.

— Ele não era um ás da pontaria, né?

— Acho que deve ter raspado a pele da bochecha dele. Ele usou um curativo por uns dias.

Ed deu um sorrisinho irônico. Estava de samba-canção. Era uma noite quente, e nós dois grudávamos nas cadeiras de couro.

— Não está mais aqui — disse ele.

— O quê?

— O que aconteceu.

— Então onde está?

— Foi embora. Acabou. Não dá para encontrar, acariciar, ficar abraçando. O tempo roubou, como rouba qualquer merd*. Em casos raros, como o seu, isso pode ser bom.

Durante a entrevista, minha mãe havia perguntado a Ed e Grant se eles jogavam tênis ou golfe, e os dois tinham mentido que sim, achando que fosse esse tipo de pessoa que ela procurava. Na verdade, ela só queria saber por motivos práticos, pois, caso jogassem, deixaria o nome deles no livro de convidados do clube, e eles iam poder entrar e sair quando quisessem. Naquele primeiro fim de semana, levei-os para jogar tênis. Aos finais de semana, era obrigatório usar roupas brancas, então, eles colocaram peças do meu pai. Foi só quando estávamos saindo que notei que Ed havia esquecido de colocar as meias brancas do meu pai. Não falei nada, mas Grant falou, e Ed respondeu que ia ser tão rápido em quadra que ninguém mandaria prendê-lo por usar meias pretas.

Eu me certifiquei de que ficássemos com a quadra oito, a mais longe da sede. Ed percebeu na hora.

— Você não quer ser visto com uns desleixados, né?

Ele tinha razão. Eu tinha visto pelos golpes que eles davam no quintal que nenhum dos dois tinha boa forma. Provavelmente disse a mim mesmo que os estava protegendo de serem ridicularizados, mas estava protegendo a mim mesmo. Eu já ouvia meu professor de tênis me dizendo como era ruim para a minha técnica jogar com gente assim. Felizmente, a quadra ao lado estava vazia, e as batidas insanas do início não incomodaram o jogo de mais ninguém. Fiquei decepcionado com a falta de habilidade dos dois. Depois de viver com eles por cinco dias, eu estava convencido de que podiam fazer qualquer coisa. Pareciam uns tontos, especialmente Ed, de meias pretas, que claramente era atlético e capaz de alcançar qualquer bola, mas, quando chegava nela, jogava o corpo junto com a raquete, com muito pouco sucesso. Eu não entendia por que eles não conseguiam imitar com facilidade meu golpe, que mostrei várias e várias vezes. Depois de passarmos a bola de um para o outro por um tempo, Ed foi para o lado de Grant, e os dois me desafiaram para um *set*. Sugeri que era melhor treinar um pouco mais, mas eles insistiram. Girei minha raquete, eles gritaram "para cima", foi para baixo, e eu saquei.

Decidi que ia acabar com eles. Soltei aquela primeira bola e resolvi rasgá-los em pedacinhos. Eu nunca havia tido aquela sensação na quadra de tênis antes, o desejo puro de vencer. Era um jogador competente, mas tinha mais troféus de vice do que qualquer outra coisa. Determinei que não os deixaria ganhar nenhum ponto meu. Porque, de repente, percebi que me ressentia do quanto eles me impressionavam, de meu encantamento com os dois e do temor, já instalado em meu peito, de irem embora no meio de agosto. Eu queria, de algum jeito, equilibrar a balança, mostrar que eu valia algo também, que tinha algo a ensinar, algo que podia impressioná-los.

Meu primeiro saque foi baixo e rápido. Ed devolveu com força, como se fosse um voleio, e esperei que fosse morrer na rede, mas passou, e não consegui chegar a tempo na bola. Era o único ponto, falei a mim mesmo, como um treinador, que eles iam tirar de mim.

Saquei em Grant. Ele girou e furou a bola. Joguei uma alta para Ed, que foi para trás, depois correu à frente, mas chegou nela e bateu bem, direto em mim. Devolvi, mas Grant estendeu a raquete, a bola voltou para mim, e bati cruzada para o canto de Ed, mas ele estava lá e me deu um *lob*. Eu bati a bola nos dedos dos pés dele e a vi subir bem alto enquanto ele corria para o fundo da quadra. Não com passinhos de ré, como eu havia aprendido, mas acelerando até chegar lá e cortando no ângulo certinho para meu canto de trás. Eu não estava pronto para correr, e a bola passou voando por mim, lambendo a fita. Ed soltou um grito vitorioso. Senti cabeças se virando na nossa direção quadras abaixo. Todos tínhamos passado a soltar grunhidos, e gemidos, e berros. Eles ficaram melhores, e eu, pior, e lentamente abandonei qualquer esperança de acabar invicto, tentando arrancar apenas uma vitória modesta.

No fim, eles me venceram por seis a quatro. Joguei minha raquete na cerca e saí batendo o pé. Eu sabia como me veriam de fora; era o tipo de comportamento que meus pais abominavam. Qualquer raiva era resolvida ágil e severamente, com quarentena imediata, sem plateia. Esperei que Grant e Ed reagissem de maneira similar, que me levassem para casa no mesmo instante, me removessem daquele lugar público, porque tinha gente olhando. Pessoas na varanda da sede, pessoas indo até seus carros, pessoas nas quadras e até pessoas no campo de golfe podiam me ouvir xingando e chutando pneus no estacionamento. Eu mesmo fiquei surpreso com aquilo, a raiva que jorrava de mim só porque dois truqueiros tinham me vencido no tênis. Mas eles só ficaram sentados na pequena faixa de grama atrás da quadra com as três raquetes de volta nas raqueteiras e as bolas na lata. Depois de um tempo, eu tinha me exaurido, e eles foram até a árvore em que eu estava, perto da entrada do clube, e começamos a caminhar para casa.

Eu estava com vergonha demais para falar. Eles conversaram um com o outro como se não estivessem bravos comigo, como se não estivessem com vergonha alheia e humilhados por mim.

Como se eu não fosse, como costumava dizer minha mãe ao me levar para o quarto, uma ferinha que precisava se transformar de volta em menino.

— Sua família é sócia de um clube assim?

Grant riu.

— Não.

— Olha aquele cara se enfiando naqueles arbustos. O que será que ele está fazendo?

— Olha o cachorro na varanda.

— Está esperando ele pegar a bola! — brincou Ed.

E, quando o homem saiu de ré dos arbustos com a bola nojenta do cachorro, eles caíram numa gargalhada histérica. Achavam tudo no nosso bairro engraçado.

— Que nem o Layton com as ovelhas — comentou Grant.

Ed gargalhou.

— Às vezes, eu me deito na cama, penso nessa história e não consigo parar de rir.

— Eu sei. Talvez seja a coisa mais engraçada que eu já ouvi.

— O que será que ele anda fazendo agora? Será que chegou ao Alasca?

— Chegou. Conhecendo bem ele.

— Com a menina?

— Isso eu não sei. Sempre desconfiei dessa parte da história.

— Eu também.

Depois de uma pausa, Ed disse:

— Tomara que ele não tenha levado aquela menina. Cara, elas f*dem com a nossa cabeça. — O rosto de Ed estava vermelho, e ele olhava fixamente para um semáforo à nossa frente, enquanto Grant o encarava de maneira igualmente intensa. — Ainda dói pra caralh* — continuou Ed.

Vi o braço de Grant se levantar de leve, depois cair de volta ao lado do corpo.

Aí, Ed me cutucou. Achei que tivessem me esquecido completamente.

— Vamos no Ground Round jantar?

— Pode ser — respondi, leve, toda a raiva de súbito ausente.

Chegamos à Elm Street, rua principal da nossa cidade, com todos os seus toldos de lona verde e os nomes das lojas nas bordas recortadas em forma de concha.

— Vamos comprar um Snickers no Healey's — sugeriu Ed, e viramos na Elm, em vez de ir direto pela Winthrop até a casa.

Becca Salinero e seu irmão mais novo estavam escolhendo refrigerantes na geladeira, de costas para nós. Girei e tentei ir embora, mas Ed me agarrou e cochichou:

— É ela, né?

Não respondi, mas não teve importância. Ele foi direto para a geladeira. Eu quis sair da loja, mas minhas pernas estavam congeladas.

— Não se preocupa — falou Grant. — Ele é bom nisso.

— Bom no *quê*?

— Em fazer amizade.

Ele esperou os dois escolherem suas bebidas. O irmão de Becca tinha tirado a camiseta e enfiado o colarinho e as mangas na parte de trás dos shorts, de modo que o resto se agitava atrás dele. Era tão magrelo que dava para ver cada costela em 3D.

Ed apontou o refrigerante que o irmão dela tinha escolhido e disse:

— Como assim, não vai pegar diet, Gorducho? — E Becca soltou sua risada grave.

Eu me escondi no corredor dos fundos enquanto eles conversavam. Becca e o irmão pagaram e foram embora.

Ed havia descoberto que ela era conselheira no acampamento de verão do centro comunitário. Quando chegássemos em casa, falou, íamos ligar para o centro e ver os horários do acampamento. E aí, explicou enquanto voltávamos ao sol e ao calor que subia da calçada de cimento, íamos fazer nosso plano de ataque.

Se eu não a tivesse visto de relance na loja, se não tivesse sido fisicamente lembrado da existência dela, talvez protestasse. Mas eu estava entregue, e ele sabia.

— Escolha interessante — disse Grant, e os dois riram.

Era verdade que Becca estava passando por uma fase esquisita. Recentemente tinha tido um estirão, mas só nas pernas, então, especialmente quando usava short, seu torso atarracado parecia estar sobre pernas de pau. Ela tinha tirado o aparelho na primavera, embora agora usasse um aparelho móvel grosso cujo cor-de-rosa falso de língua de gato fazia suas gengivas de verdade parecerem cinza e doentes.

— Um diamante bruto, talvez — respondeu Ed, forçando-se a ficar sério. — De verdade, demonstra bom gosto. Ela não está escondendo nada. É como um riacho transparente. É a melhor coisa. Eu tentei o outro tipo e acabou com a minha vida.

— Acabou com a sua primavera — disse Grant.

— Acabou com minha primavera, verão, inverno. O que faltou? Outono. Não consigo nem pensar no outono. Enfim, não tão adorável quanto Celia Washburn, talvez, um pouco *Reino dos animais*.

Ed alongou o pescoço e fingiu arrancar folhas de uma árvore. Grant riu pelo nariz, e a voz de Ed tremeu, depois se estabilizou quando ele completou:

— Mas muito querida.

A caminho de casa, passamos pelo parque. Havia um jogo rolando na quadra de basquete. Ed foi direto para lá. Eu me encolhi.

Quando a bola entrou na cesta, ele pisou na quadra e falou com o cara mais alto, apontando para mim e Grant, que vínhamos atrás.

— Entrem logo — disse ele. — A bola é nossa.

Basquete não era comigo. Mas, depois de um *set* de tênis frustrante, foi bom segurar uma bola grande. Eu nunca tinha jogado nessa quadra. Ninguém que eu conhecesse jogava lá. Era para os alunos da escola pública. Entre os pontos, olhei para minha cidade: o gazebo, os balanços e o trepa-trepa, o campo de beisebol, a biblioteca de pedra e seu estacionamento nos fundos. Eu nunca vira a cidade dali. Tinha meu próprio balanço no quintal e ia ao clube para os esportes de verão. Um menino na quadra ficou pegando no meu pé, me chamando baixo de Riquinho. Mas os outros só jogaram, me davam tapinhas nas costas quando eu conseguia fazer a coisa certa, me perdoavam quando não conseguia.

Ed fez todos rirem porque não conseguia fazer nada na vida sem falar. Ele tentou atrapalhar o outro time com sua narração:

— Ok, agora, Vermelhão está com a bola. Vermelhão está vindo. Vermelhão tem peitos de homem ou de mulher? Não temos certeza, mas, cara, é uma distração e tanto. Eles tiram nossos olhos da bola — continuou sem parar.

Mesmo quando estava interceptando e correndo para a outra direção, dava para ouvir a voz dele vindo atrás. De vez em quando, eu lembrava que tínhamos visto Becca e íamos ligar para o centro comunitário na volta, e ganhava uma onda nova de energia.

Quando descobrimos a agenda dela, fizemos um plano para encontrá-la. Ed tinha uma capacidade surreal de conseguir prever seus movimentos para que sempre parecesse que ela estava esbarrando com a gente, não vice-versa. Ele não deixou que eu voltasse a me esconder nos corredores. A primeira vez foi na loja de sanduíches. Já estávamos na fila quando ela entrou. Tínhamos tudo planejado. Grant, de forma muito natural, embora completamente roteirizada, me perguntou que horas eram, e eu me virei para olhar o relógio da parede dos fundos. Vi Becca cuspindo o aparelho na mão e o enfiando no bolso do short.

Ela disse oi, e eu disse oi. Ela estava com um rabo de cavalo e a camiseta azul-clara do acampamento, endurecida por algum tipo de argila ou tinta recém-seca. Os olhos dela eram muito claros. Eu não fazia ideia de qual seria a palavra para descrever a cor deles. Ela me perguntou se meu verão estava sendo bom, e eu perguntei o mesmo. Contamos um ao outro quais livros havíamos escolhido da lista de férias. Ela me prometeu que *Os irmãos Karamazov* melhorava depois de sessenta páginas. E, aí, fizemos nossos pedidos, que chegaram rápido, bem embrulhados, e ela foi embora, dizendo que precisava levar um para o irmão em casa.

— Só um sanduíche para o Gorducho? — perguntou Ed. Depois que ela foi embora, ele falou: — Ela gosta do nosso menino.

— E dá pra não gostar?

Na próxima vez que a vimos, eu devia chamá-la para sair. Mas amarelei. Na vez seguinte, Ed fez isso por mim.

— A gente vai ao cinema hoje à noite. Quer vir?

— Ah, quero.

— "Ah, quero", então, combinado. A gente te pega às seis e quarenta e cinco em ponto.

— Mas vocês não sabem onde eu moro.

— Você está na lista, não? — falei, como se não conhecesse o nº 67 na Vine Road, e a grande bétula da calçada e o Volkswagen Rabbit da mãe dela (placa LL3783) e o Audi do pai (placa KN9722) que ficavam na garagem construída no ano anterior.

— Ah, você está na *lixta*, não? — Ed me zoou depois, exatamente com o meu sotaque, que nunca antes me parecera um sotaque.

No início, claro, tive receio de Becca se apaixonar por Ed.
— *Une femme qui rit est une femme au lit* — ele havia dito uma vez, e ele era muito mais engraçado que qualquer um que eu conhecesse.

Na terceira vez que ela saiu com a gente, fomos jogar minigolfe e passamos por cinco buracos antes de começar a chover e a gente voltar para casa. Grant pegou a panela grande para fazer pipoca, e Ed se jogou no sofá da sala. Falei que precisava subir para trocar de camiseta, mas fiquei na escada para ver o que ela e Ed iam fazer sozinhos.

— Você é boa pra caramba no minigolfe — comentou ele. — Você vai muito?

— Meu irmão curte.

— Mas você nem tanto.

— É que eu ganho muito fácil dele.

Ed riu e falou:

— Senta. — Mas Becca disse que ia me procurar.

Cheguei ao topo da escada antes de ela me ver. Ela subiu e olhamos por cima do corrimão para o corredor vazio. No segundo andar, estava quente. Estávamos úmidos de chuva, e o calor era gostoso. Pela primeira vez, minha casa pareceu aconchegante. Fingi estar olhando para o térreo, mas estava encarando os tênis dela e as meias soquetes com uma bolinha felpuda atrás. Ergui os olhos para avisar que uma estava por um fio, e ela me beijou. Ou talvez eu a tenha beijado, que foi o que ela disse quando, depois, revivemos o momento. Eu sempre temera meu primeiro beijo, sabia que já devia ter acontecido, mas não fazia ideia de como poderia acontecer. Nessa época, eu já havia tido sonhos intensamente sexuais, mas eles não me davam nenhuma indicação de como esse tipo de coisa começava, como eu devia fazer o beijo acontecer. Embora eu nunca tenha elaborado para mim mesmo com essas palavras, teria preferido, nessa situação, ser uma garota. Mas algo em ter Grant e Ed lá embaixo – ouvir os barulhos deles, a pipoca começando a pular na panela, Ed gritando algo para Grant – me dava coragem. Você sabe o que está fazendo, pareciam dizer os ruídos lá embaixo. Sabemos que você está aí em cima com ela e estamos torcendo pelo melhor. Senti minha língua entrar na boca de Becca, senti a língua dela hesitar, depois encontrar a minha, senti que ela não tinha mais experiência do que eu, senti o pescoço e o cabelo dela, senti pela primeira vez que estava sentindo o que deveria, como se, para variar, todos os fragmentos afiados e dolorosos da minha vida de repente se encaixassem no lugar.

A TV continuava ligada. Ed e Grant começaram a rir, o que fez nós dois rirmos. Uma luz azul-marinho vinha das pequenas janelas altas dos corredores. Acho que eu nunca tinha sido tão feliz.

— Você está com cheiro de cachorro molhado — disse ela.

— Você está com cheiro de fuinha molhada. — E rimos e nos beijamos, sentindo que estávamos fazendo algo sujo ao conversar enquanto nos beijávamos, falando de coisas molhadas.

E, aí, descemos e comemos pipoca, e as bochechas dela estavam rosadas, e seus lábios eram vermelho-vivo, e agora estava chovendo forte lá fora, e eu sabia que Ed e Grant sabiam de tudo, e tudo – *tudo* – me deixava feliz.

* * *

Imaginei – mais de uma vez, mais do que algumas vezes naquele verão – meus pais morrendo em um acidente de carro na França. Imaginei Grant e Ed se mudando de vez para a minha casa; me perguntei se meus pais tinham testamento e a cuidado de quem planejavam me deixar. Imaginei longas cenas de tribunal com o irmão da minha mãe ou a tia do meu pai, ambos prováveis candidatos, contra mim e Ed e Grant. Imaginei a gente vencendo o processo, fazendo uma longa viagem de carro como aquelas de que vivíamos falando: para Louisiana, para Acapulco.

Desejar o mal aos seus pais, desejar que eles nunca voltem parece pesado da perspectiva de um adulto, mas me foi algo leve naquele verão. Um desejo frívolo, excêntrico, que eu sabia que jamais se realizaria.

E não se realizou. Meus pais voltaram em 16 de agosto, como tinham dito que voltariam, às seis da tarde, como também tinham previsto. Meu pai parecia mais forte, cheio de uma fanfarrice espalhafatosa que eu me lembrava de ter visto anos antes. Minha mãe me abraçou várias vezes, cada uma me dizendo, como uma avó, como eu tinha crescido. E, aí, ela me olhou bem nos olhos – eu vi que era verdade que eu tinha crescido; precisei baixar a cabeça num ângulo ainda mais íngreme para olhá-la nos olhos – e me disse que tinha ficado surpresa com a saudade terrível que sentira de mim. Na palavra "terrível", seus lábios se apertaram, saindo de sua posição fixa de sempre, e ela pareceu não conseguir arrumá-los. Segurei o olhar dela e falei que tinha ficado surpreso com quanto não tinha sentido saudade dela. E, aí, a gente riu. O que mais podíamos fazer?

— Vamos ajustar as contas, rapazes — falou meu pai, e levou Ed e Grant pelas escadas com agilidade, sem o torpor dos últimos anos. Ele abriu a porta do escritório, e eu entrei junto. Da última gaveta da escrivaninha, ele puxou um fichário de três argolas onde ficavam seus cheques. Escreveu devagar, um cheque para Ed, outro para Grant. Atrás dele, não havia mais buraco. Apertei os olhos para a superfície branca até detectar uma pequena área levemente mais escura que tinha sido remendada e pintada. Tentei atrair o olhar de Ed, mas meu pai estava perguntando quem eram os professores deles, para ver se conhecia algum.

— Como foi a Dordonha? — perguntou Grant.

Eles estavam desconfortáveis e tensos, estranhos em uma casa que antes era deles.

Meu pai guardou o fichário de volta e fechou a gaveta.

— A Dordonha foi a Dordonha.

Eu sabia que era uma frase que Ed ia saborear, que viraria parte de seu léxico com Grant. Meu pai apertou a mão dos dois com firmeza e lhes agradeceu por cuidarem bem da casa.

Desci os degraus da varanda com Ed e Grant, atravessando o gramado até o Pontiac.

— A gente não foi de carro até o México — comentou Ed.

— Nem até New Orleans — disse Grant.

— Quem sabe eles voltem à Europa nas próximas férias — falei.

— Começa a deixar uns folhetos pela casa. — Ed abriu as palmas, como se mostrando um letreiro. — Capri em julho!

Grant apoiou a mala ao lado do carro e me abraçou forte.

— Eu te amo.

Foi como se seus braços grandes arrancassem as palavras de mim. Fiquei com vergonha e também surpreso, porque sempre achara que amava mais Ed.

— Ah, a gente não quer largar nosso menino — disse Ed, e entrou no abraço. Inspirei seu cheiro de cigarros e asfalto quente.

Acho que todos achamos que íamos nos ver de novo, que não era uma despedida de verdade. Em uma semana, depois de eles terem ido para casa ver a família, iam estar de volta ao dormitório, a alguns quilômetros da minha rua. Eles tinham me mostrado o prédio do carro, uma torre alta no meio de prédios baixinhos de tijolos, e imaginei que nossa vida juntos seria retomada em algumas semanas. Eu conseguia ver os pufes, a caixa de pizza, o jornal aberto com a lista de filmes do cinema. Mas, quando começou o ano escolar, não consegui reunir a confiança nem para pisar no campus, quanto mais entrar num dormitório e subir até o oitavo andar. Becca me incentivou a pelo menos ligar ou escrever para eles, mas o verão havia acabado e não parecia haver forma de voltar.

Consigo, hoje, ver aquela época como se relesse um livro para o qual, da primeira vez, eu era jovem demais. Vejo agora como Grant estava apaixonado por Ed, como Ed sabia e precisava daquilo, mesmo que não fosse capaz de corresponder, como Ed estava cuidando de um coração duramente partido, e como eles entendiam bem o que havia acontecido em minha casa antes de sua chegada. Carregarei aquele verão comigo até eu me tornar, como Ed costumava dizer, *"passé composé"*. Nunca mais vi nenhum deles, embora tenha lido os três romances de Ed e gostado de todos. Confesso que esperava alguma referência àquele verão neles, uma casa cinza grande, uma cidade universitária, um menino solitário cujos pais viajaram para fora do país, mas, por enquanto, não houve sinal de mim nem de Grant. É estranho pensar que os dois ainda andam em algum lugar deste mundo, que também tiveram mais várias décadas de vida, que agora mesmo estão deitados ou de pé ou lendo um livro ou num avião ou um quarto de hospital ou num táxi ou sentados num escritório.

Com Becca, porém, eu me casei. Não sei como as outras pessoas conseguem não ficar com a garota cujas meias soquetes fizeram seu estômago dar um nó aos catorze anos, cujo cabelo molhado tem o cheiro do seu passado – a garota que estava com você no momento em que você foi apresentado à felicidade.

MAR DO NORTE

A filha de Oda se recusou a carregar a própria mala.

— Você colocou um monte de coisas suas nela — disse Hanne.

Oda saiu do carro.

— Coloquei uma toalha de praia para cada uma de nós e petiscos, caso eles não vendam comida no barco. Só isso.

Hanne continuou sentada. Não queria ter vindo, e a visão do mar enquanto desciam o morro até a cidadela de Harlesiel não a comovera como Oda esperava que fosse ocorrer. Ela não sabia que estava esperando uma melhora, uma mudança, até nada acontecer. Mas Hanne era jovem, tinha doze anos e meio, e raramente vira o mar aberto assim.

Talvez fossem todas as nuvens correndo para esconder o sol, grandes globos claros, parecendo sopradas como vidro de um canudo gordo e tosquiadas pelo vento na parte de baixo. Elas embotavam o azul duro da água. Roubavam o show.

Do outro lado do estacionamento, um homem de macacão verde soltou uma longa corrente no início da rampa e sinalizou para um caminhão seguir em frente.

— A balsa leva carros também, sim — disse Hanne. — Olha.

— Só caminhões. Para construção e esse tipo de coisa. Sai agora. Vai vir gente atrás e eu ainda não comprei os bilhetes.

Hanne não se moveu. O homem de macacão andou de ré na frente do caminhão, mexendo a mão para a frente e para baixo enquanto o veículo baixava pela rampa com estrépito e subia no barco. Por pouco não coube. O homem deu um tapinha no capô do caminhão, como se fosse um cachorro, e subiu de volta a rampa. Fez um aceno de cabeça para os pedestres.

Oda abriu a porta do passageiro e puxou o braço da filha. Era tão leve em sua mão, um osso esguio embrulhado em pele. Ela sentia como seria fácil deslocar do encaixe do ombro. Hanne se soltou.

— Tá bom — disse Oda. — Eu carrego daqui até o terminal, mas você precisa levar sozinha até o barco.

Ela colocou a alça da bolsa por cima da cabeça, cruzando o peito, um estilo de que não gostava e que associava a mulheres vinte anos mais jovens do que ela, e levantou as duas malas. Nenhuma era particularmente pesada, mas essa curta caminhada até a barraca de bilhetes exigiu toda a sua energia.

Era a primeira vez que saíam de férias só as duas. Oda estava economizando para isso havia quase dois anos.

A mulher na bilheteria, tendo suposto que ia ter um pouco de paz até a barca das três da tarde, estava comendo um sanduíche de mostarda.

— Melhor correr — disse, com a boca cheia, e deslizou os bilhetes vermelhos para Oda.

Oda deixou a mala de Hanne em frente à casinha e mostrou os dois bilhetes ao homem de macacão.

— Um é para minha filha. Ela está vindo. — Hanne ainda estava no carro.

O homem levantou a corrente que logo prenderia de novo para bloquear a descida à rampa.

— Por favor. — Ela queria dizer a ele que Hanne estava no banheiro, mas a barraca de bilhetes era pequena demais para conter um banheiro. — O pai dela morreu.

O homem abaixou a mão com a corrente. Seus elos grossos batiam um contra o outro. Ela tinha vergonha de olhá-lo nos olhos, mas precisava fazer isso para sua filha poder entrar no barco a tempo.

— Dureza.

Uma buzina soou. Um homem mais jovem, numa janela pequena da sala de controle, apontava e exclamava algo que não dava para ouvir através do vidro.

— Entre no barco agora. Sente-se em um lugar lá dentro, onde ela não consiga te enxergar. — Ele tinha um sotaque baixo-alemão que Oda conseguia entender, mas por pouco. — Ela vai vir depois disso.

Havia alguns poucos bancos de plástico, um banco e uma série de janelas manchadas de sal. Ela era a única passageira na parte de dentro. Todos os outros estavam ou parados no espaço à frente do caminhão, ou no pequeno deque do andar de cima. Oda colocou a mala com as outras ao lado da porta e se sentou no banco.

A buzina soou de novo, com mais raiva. Um ruído metálico sibilou, seco. Ela deu um salto e olhou pela porta. A rampa estava sendo levantada da popa. Um solavanco, e o barco se afastou da terra firme com uma rajada de espuma branca. A mala de Hanne ainda estava em frente à bilheteria.

— *Mutti*! Aqui em cima!

Seus braços finos estavam acenando com os outros no deque superior.

— Não se debruce tanto — disse Oda, mas não era o que ela queria dizer.

* * *

Depois de alguns quilômetros, o céu se abaixou e o mar se elevou, e mal parecia haver espaço suficiente para a balsa se apertar entre os dois sólidos planos cinza. As pessoas do deque superior ficaram com frio e entraram. Mas não Hanne.

Quando deu para ver a ilha, um véu escuro oblíquo pairava sobre ela. Oda apertou a testa contra uma das janelas. Não chovia em mais nenhum outro lugar daquela extensão ampla do Mar do Norte.

Ela faria Hanne falar com a pessoa da bilheteria na ilha (Oda imaginou a mulher comendo um sanduíche de mostarda, embora soubesse, claro, que não seria a mesma) sobre a mala e combinar de trazerem para ela. Faria Hanne pagar com sua pequena mesada. Não ia ser mole com isso.

Mas, quando o barco desacelerou e ela e Hanne estavam de pé na chuva forte com os outros passageiros, esperando o barco se conectar com a orla, percebeu que não havia bilheteria ali.

— Eu trago a bolsa da sua filha no próximo barco — ofereceu o homem do macacão verde, como se ela houvesse pedido.

— Não é uma bolsa. É uma mala. — Ela não queria que ele trouxesse a mala errada.

— E você diz que eu é que não devia ser grossa — comentou Hanne, e subiu a rampa à frente dela.

Pelo telefone, ela pediu para o dono da pousada descrever com detalhes o quarto que ainda estava disponível. Uma cama de casal, uma escrivaninha verde, paredes azuis, tapete de algodão, vista para o mar de duas das três janelas. E uma poltrona floral. De que cores?, ela perguntara. Ele havia pausado. Vinho e cor-de-rosa. Ela tinha certeza de que o homem estava inventando. Ele já saíra do telefone duas vezes para responder às perguntas anteriores. Já tentara esconder sua decepção quando ela disse que ia ficar com o quarto por duas semanas em julho.

O quarto era precisamente como ele descrevera e nada como Oda imaginara. Ele tinha dado a ela as dimensões, e ela havia medido em sua própria sala enquanto falava com ele. Mas as próprias paredes o faziam parecer bem menor.

— Está tudo bem?

Elas ainda estavam paradas na porta.

— Só tem uma cama — disse Hanne.

O dono da pousada olhou para Oda. Ele havia explicado ao telefone que não tinha espaço para uma cama extra, e ela mentira que estavam acostumadas a dormir juntas.

— Não tem problema — falou ela.

Ele também não era como ela imaginara; era mais jovem, tinha barba e usava shorts acolchoados e apertados.

— Desculpa. Acabei de fazer um passeio. — Ela deve ter ficado olhando demais.

— De cavalo? — perguntou Hanne.

Ele riu.

— De bicicleta.

— Eu vi um cavalo na balsa — disse Hanne, num tom que Oda pensava ser reservado só para si.

Ele riu outra vez.

— Tinha um cavalo na balsa?

— Eu vi um cavalo *da* balsa.

O tom dela não pareceu incomodá-lo.

— Tem um estábulo na ponta leste. Eles alugam, se você estiver interessada.

— Eu não sei montar.

— Ela te ensina. O nome dela é Pilar. Ela é de Sevilha, mas fala alemão muito bem.

— Pilar — repetiu Hanne.

— Posso dar uma ligada e marcar.

— Seria legal.

Oda não tinha dinheiro para alugar um cavalo por uma hora, quanto mais pagar uma série de aulas de equitação. Sem dúvida, Hanne sabia disso. Todas as economias do ano seriam drenadas por aquelas férias. Ela precisaria ir lá embaixo discretamente antes de ele fazer a tal ligação.

Ele saiu e as duas ficaram sozinhas. Oda acendeu as duas luzes, porque a tarde estava muito escura, mas isso só piorou as coisas, então, ela as apagou de novo e ficou mais escuro do que antes.

Era verdade que a poltrona era vinho e cor-de-rosa. Também era verdade que duas das janelas davam para o mar. Mas o mar era indistinguível do céu, da chuva e da névoa, então, que importância tinha? Fritz agora estaria rindo do gasto, do esforço, da vista para nada. Mas ela só se sentia culpada por estar olhando nódoas e borrões molhados e cinzentos que ele jamais veria. Era Fritz que planejava todas as viagens deles, sempre para o sul, na direção do sol. Agora, ela entendia porquê.

— Você não quer que eu vá andar a cavalo — disse Hanne.

Em certo sentido, ela tinha sorte de a filha ter apenas doze anos e só conseguir imaginar que o motivo para Oda estar pensativa era o cavalo.

— Eu sempre quis aprender, sabia?

Fritz a tinha deixado com dívidas em três cartões de crédito, dívidas grandes que ela mal acabara de pagar, alguns meses antes. Não ia se encalacrar por algo frívolo como aulas de equitação.

Quando Oda desceu, o dono da pousada estava colocando as mesas. Perguntou se elas tinham tudo de que precisavam.

— Onde fica a loja mais perto para comprar biscoitos e coisas assim?

Ela não queria dizer a ele que ia comprar a comida para a maior parte das refeições delas e fazê-las no quarto. Talvez no dia seguinte ou depois ela ousasse pedir por um cantinho na geladeira dele para frios e queijos.

— Descendo o morro, vire à direita e vai estar à sua esquerda. Mas é um lugar caro. Se quiser, posso adicionar o que você precisar quando fizer meu pedido do continente. A entrega vem dia sim, dia não, na balsa da manhã.

— Obrigada — agradeceu ela, envergonhada. Gentilezas assim eram capazes de deixá-la nua, e ela se apressou em se cobrir. — Quem sabe outro dia. Hoje, vou só comprar umas coisinhas.

— Está fechado hoje. É domingo.

— Entendo.

— Coloco a mesa de vocês para o jantar?

— Sim, por favor.

Ela subiu de novo sem ter mencionado os cavalos.

Hanne tinha jogado o conteúdo da mala de Oda por todo o chão.

— Por que você não trouxe meu xampu?

— Porque você disse que ia trazer os frasquinhos que a gente pegou em Gênova. — A *gente* eram os três, um a gente diferente.

— E você trouxe aquele desodorante nojento que te deixa com cheiro de legume estragado.

Acima delas, passos leves atravessaram o teto e outro par de pés mais pesados atrás. Silêncio. Um uivo selvagem.

— Que ótimo — disse Hanne. — Crianças.

Ela foi tomar banho no banheiro do fim do corredor, e Oda afundou na poltrona vinho e rosa. Ela não queria estar ali, gastando dinheiro com aquele quarto e sua vista da névoa. Queria dormir em sua própria cama e ir trabalhar de manhã. Seus amigos, sua irmã e toda a cultura a haviam empurrado para aquelas férias. Ela não queria aquilo. Hanne não queria aquilo. Por que estavam se sujeitando?

Ela foi até a janela. O tempo estava um pouco mais aberto. Ela conseguia ver o mar e ele não estava plácido. As ondas quebravam brancas, fustigadas pelo vento. Lá longe, grandes navios pesqueiros competiam por território. A linha do horizonte era quebrada por várias plataformas de petróleo, criaturas pontiagudas pré-históricas com pernas robustas. Ela sentiu a vibração da balsa antes de vê-la contornar o lado leste da ilha e entrar no porto. As pessoas de capa de chuva tremiam.

Hanne tinha voltado e estava penteando o cabelo.

— A balsa está quase aqui.

— Estou vendo.

— Então vai buscar sua mala.

Hanne soltou o pente.

Ela apareceu lá embaixo e correu pela rua de pés descalços, com fios de cabelo molhados voando atrás.

O homem gentil a encontrou com a mala. Eles conversaram, um número surpreendente de idas e voltas que Oda não conseguia preencher, e aí Hanne subiu de volta o morro, mais devagar, com a mala.

* * *

Eram australianos, a família de cima delas. Os três filhos de cabelo comprido corriam pela sala de jantar de pijama, agarrando as decorações da mesa e os livros das prateleiras até o pai alcançá-los e todos desaparecerem num turbilhão de risadas e pernas e braços soltos.

— Você nunca foi assim — comentou Oda.

— Você me conteve desde cedo.

— Acabei com seu espírito livre, é?

Elas comeram em silêncio, como o casal belga ao lado. O homem australiano voltou, as três crianças sérias atrás dele.

— Lembra a música que você cantava para mim sobre a menina de vestido de bolinhas?

Por um tempo, Hanne tinha implorado por aquela música toda noite.

— Eu chamava de "Ora Bola".

— Na verdade, de "Bolita bolota".

Hanne sorriu.

— "Bolita bolota." Eu te achava a melhor cantora do mundo.

Oda sentiu como se estivesse empoleirada na crista de uma onda, igual àqueles barcos bem longe no mar.

De volta ao quarto, não havia nada a fazer exceto ir dormir. Um ar frio, bem mais frio do que jamais fazia em Munique em julho, entrava pelas janelas abertas. A colcha era pesada, os lençóis estavam bem presos. Hanne ficou com o lado direito, mais perto da parede. A cama rangeu e rangeu quando Oda se deitou. Ela apagou a luz.

Ali estava, o momento, o motivo para as férias, a única coisa que a convencera a gastar aquele dinheiro. Depois da morte de Fritz, Frauke, uma amiga de Oda, contou que, quando perdeu o marido, os filhos dormiram na cama com ela por um ano. Mas Hanne, mesmo naquela primeira noite, quis dormir na própria cama. Se Oda tentasse se aconchegar no quarto dela, Hanne dizia que estava calor demais e pedia para ela ir embora. Mas ali elas ficariam juntas no escuro, onde talvez fosse mais fácil e seguro conversar uma com a outra.

— Está confortável? — perguntou Oda.
— Ahã.
— Com sono?
— Não muito.
— Podíamos contar histórias.
— Como assim?
— Eu podia te contar uma coisa. Sobre mim ou você quando era pequena, ou a vovó. Ou Papi. — Ela deixou aquilo assentar por um momento. — Depois, você pode me contar uma. — Oda virou-se de lado para olhar Hanne. Torceu para Hanne se virar na direção dela, mas a filha não fez isso. Continuou de costas, de perfil, com o rosto escuro contra a última luz azul do dia.
— Estou cansada.

Oda acordou várias horas depois. O quarto estava negro, o tipo de escuridão que, quando era criança e dormia na casa dos avós no campo, a aterrorizava. Ainda a deixava desconfortável. Ela se virou de lado na cama para poder ver pela janela. Na água, havia manchas de luz das plataformas de petróleo. Coisas de metal colidiam com os barcos ancorados no porto. Contra seus cascos, a água fazia um som de cachorro bebendo água, rápido e frenético. Ela levantou a cabeça do travesseiro e viu algumas luzes verdes mais próximas, luzes de navegação na balsa parada. Ela não sabia que a balsa dormia ali à noite. Fazia sentido, em caso de emergência. Agora, não estava vibrando, mas ela se lembrou de como tinha sido a vibração, e esse pensamento a confortou.

Quando ficou claro o bastante, ela leu na cama, virando as páginas em silêncio, com cuidado para não acordar Hanne. Lá embaixo, pratos eram colocados nas mesas. O cheiro de pão fresco e salsicha encheu o quarto. Oda sentiu uma aceleração no corpo, uma urgência que já não tinha motivo de existir. Ela não precisava se levantar para trabalhar, nem para fazer o almoço de Hanne, nem para ir às aulas de sábado ou à igreja. Perguntou-se como outras pessoas se ajustavam às férias. Era uma sensação muito desagradável, como acelerar um carro em ponto morto. Tirou-a do livro que estava lendo. Seus olhos não conseguiam absorver as palavras. Era mais uma vez como nos meses após a morte de Fritz.

Mas ele estava morto havia quase dois anos. Tinha ido trabalhar no hospital de bicicleta e sido atropelado por outro médico, que estava de carro. A ambulância havia percorrido menos de meio quilômetro para resgatá-lo, mas ele já tinha morrido.

Ele morrera com menos de dois mil euros no banco. Ela tinha certeza de haver outra conta em algum lugar – ele havia mencionado que queria abrir uma depois do nascimento de Hanne – com uma poupança para ela. Ele estudara para ser médico, mas, em vez de abrir um consultório como planejado, aceitara uma residência pós-doutorado com um hematologista que admirava, o que o levou a outra residência em doenças infecciosas e outra pesquisando a epidemia de febre tifoide de 1847. Ele tinha tanta curiosidade. Sempre havia a promessa de um salário regular sólido logo à frente, mais um ano, um último comichão para coçar. Oda não se importara, não muito, não por muito tempo. Ela fazia contabilidade para vários amigos dele da universidade de medicina que haviam aberto o próprio consultório, e isso trazia um dinheiro extra. E ver os números dos amigos também dava segurança a ela. Fritz não ganhava tanto, mas poderia. A qualquer momento, ele podia ter uma renda daquelas. Em vez disso, ele morreu. E não havia outra conta bancária.

Nem uma apólice de seguro de vida – outra coisa em que ela mal conseguia acreditar. Ela se sentou no escritório da empresa onde fizera o dela e pediu para o homem olhar de novo a tela de seu computador. Tinha certeza de que eles haviam preenchido os papéis ao mesmo tempo. Não tinham uma apólice conjunta? Às vezes, deixam algum nome de fora, explicou ela a ele. Tinha acontecido com o mesmo programa de computador que ele estava usando. Um dos clientes dela tinha. Será que ela podia dar uma olhada? Esperava que o homem a rechaçasse, mas ele deixou que Oda fosse atrás da mesa dele, pegasse o mouse e clicasse à vontade. Ela nunca achou uma apólice no nome de Fritz, mas, alguns dias depois, recebeu uma ligação do corretor sugerindo que ela se candidatasse a uma vaga de período integral aberta na empresa. Ela era boa no que fazia. Contava às pessoas sua história, a ausência de uma apólice para ela e sua jovem filha, e elas se comoviam. Viravam clientes.

Acima dela, no centro do teto, começou uma batida contínua, golpes deliberados com um objeto duro em um chão sem carpete. Passos. Uma voz que ficava mais alta – palavras abafadas que Oda poderia ter entendido caso fossem em alemão.

Mesmo com o caos, as batidas, a gritaria, os pisões, Hanne seguiu dormindo. Finalmente, todos desceram para o café da manhã, aglomerando-se escada abaixo por tanto tempo que soava como uma família de dezoito, não cinco pessoas. Depois disso, não houve exatamente silêncio – eles fizeram uma algazarra na sala de jantar –, mas Oda conseguiu voltar ao livro. A sensação de aceleração estava diminuindo, desaparecendo. As palavras começaram a fazer sentido.

Hanne deitou de costas, depois de novo de bruços, um sinal inequívoco de que estava acordando.

— Essa viração de páginas me acordou — disse, de trás do cabelo.

— Foram as pessoas lá em cima. Nas últimas duas horas, fizeram mais barulho que uma fanfarra.

— Eu não ouvi. Só ouvi você. Não dá para levantar o livro para as páginas não rasparem no lençol?

— Eu levanto.

— Não levanta, não.

— Precisamos acordar. Não sei a que horas acaba o café.

— Não estou com fome.

— Está incluso na diária, então, você vai comer. — Ela nunca imaginou que usaria esse tom nas férias. — Vou tomar um banho — disse, antes que Hanne ocupasse o chuveiro. — Você pode tomar depois que comermos.

Quando ela voltou do banho, Hanne estava vestida.

— Você demorou demais. Estou morrendo de fome.

No café da manhã, Oda deu algumas ideias para o dia. Podiam ir à praia, ou caminhar até o centrinho, ou seguir o quebra-mar até o farol listrado de vermelho e branco que tinham visto da balsa. Podiam ir à piscina pública ou subir o morro no centro da ilha. Hanne fez uma careta depois de cada ideia. Oda gostaria de perguntar ao dono da pousada o que outros pré-adolescentes mal-humorados e ingratos de doze anos faziam para se divertir, mas temia que ele mencionasse o passeio a cavalo. Estava preocupada de que, mesmo sem ela perguntar, ele fosse mencionar, então, deixou que ele entregasse a comida e o café sem olhá-lo nos olhos nem dizer nada exceto obrigada.

Oda tinha uma visão clara dos australianos do outro lado da sala. Fazer as três crianças ficarem sentadas era uma dificuldade. Nenhuma devia ter mais do que seis anos, mas nenhuma era um bebê que desse para prender. Os pais pareciam tratadores de zoológico cansados, não bravos, só sobrecarregados pelas demandas físicas. Ele era um homem alto e magro com uma cabeleira grossa de cachos loiros e um nariz que terminava numa ponta afiada de lápis. A esposa provavelmente tinha a idade dele, trinta e poucos anos, mas podia passar como adolescente com seu sári e seu cabelo longo despenteado. Parecia as meninas mais velhas da época de escola de Oda, as meninas de quem seu irmão gostava, mas que não conseguia conquistar, que nunca tinham carona para voltar para casa e cujos olhos eram rosados e pequenos de fumar maconha e cujos lábios viviam vermelhos e inchados, como se elas passassem o dia inteiro beijando. As crianças australianas exigiam tanta atenção que o casal não olhava um para o outro durante quase a refeição inteira. Mas Oda viu um momento em que ele deu a ela uma colherada de algo de uma cumbuca, e ele viu a reação dela e sorriu depois de ela assentir dizendo que era bom.

— Como estão seus ovos? — perguntou ela a Hanne.

— Estão bons.

— Quer experimentar o meu? — Ela cortou um canto do waffle e colocou um morango no garfo.

Hanne pareceu horrorizada.

— Eu sei qual é o gosto de um waffle. — Depois de mais algumas garfadas de ovo, ela falou: — Sabe, você está muito esquisita.

Oda pediu uma segunda xícara de café, depois seguiu o dono da pousada até a cozinha, assustando-o quando ele se virou com o bule.

— Queria saber se você tem o nome e o telefone da mulher dos cavalos. Para minha filha. Para ela fazer aulas.

Naquela tarde, Oda fez chá na cozinha e o levou para o quarto. Virou a poltrona rosa e vinho para ficar de frente para as duas janelas que davam para o oceano e se sentou. A balsa chegou. Oda a viu esvaziar-se – excursionistas com bicicletas, técnicos de uniforme, moradores da ilha carregando caixas de mantimentos – e se encher de novo. Seu homem estava lá. Ele guiou o caminhão do correio para o barco, depois ficou conversando com as pessoas que embarcavam e com pessoas que não tinham planos de embarcar. Havia muitas destas, gente que ficava por lá só porque a balsa estava ali, não porque estivesse chegando ou saindo. O céu ainda estava cinza, mas não tão baixo e comprimido. Gaivotas roçavam a água, depois subiam tão alto que seu corpo evaporava e virava nuvem. Do porto, vinham os sons de homens em barcos falando por cima dos motores e do ruído da balsa se afastando da orla. O ar entrava pelas janelas em rajadas quentes e frias, e, depois de um tempo, ela não sentia mais o cheiro acre do mar que estava tão forte quando se sentou.

Quando Hanne voltou, Oda ainda não tinha dado um gole no chá nem erguido o livro do colo.

— O que aconteceu?

— Como assim?

— Por que você voltou tão cedo? — Oda olhou o relógio. Três horas haviam se passado. — Ah — disse ela, confusa.
— Eu andei a cavalo.
— Você andou a cavalo? — repetiu Oda, mas sem muita surpresa.
Hanne fez uma cara feia.
— Era o plano, né? — Mas não conseguia encobrir todo o prazer. Oda via nas manchas afogueadas do rosto dela.
— Como foi?
— Foi ok.
Ela não ia compartilhar nada. Alguns anos antes, teria contado tudo a Oda, estupefata e estridente, girando naquilo que ela e Fritz chamavam de dança da alegria, incapaz de conter sua felicidade. Adultos escondiam sua dor, seus medos, seus fracassos, mas adolescentes escondiam sua felicidade, como se ao revelá-la corressem o risco de perdê-la.
— Você está usando as minhas meias? — disse Hanne.
— Meus pés estavam gelados, e elas são muito peludas e quentinhas.
— Pode tirar. Eu estava guardando pra depois.
Além disso, não havia correlação entre felicidade e gentileza.

Hanne andou a cavalo todas as tardes daquela semana. Mais do que meio mês de salário. Oda colocou num cartão de crédito que tinha terminado de pagar recentemente. Mas aquelas horas eram um respiro tanto para Oda como para Hanne, suas férias das férias. Ela não caminhou até o farol que Hanne se recusou a visitar, nem foi ao museu marítimo, nem tomou uma cerveja no agradável jardim do bar que ela ouviu o dono da pousada recomendar a hóspedes. Ficava sentada na poltrona com seu livro, olhando pela janela. O céu raramente clareava e nunca por mais do que uma ou duas horas. A balsa ia e vinha. Às vezes, se ela se inclinasse até o vidro e olhasse bem para a esquerda no momento exato, via Hanne montada em um cavalo na longa Praia do Leste, cascos espalhando a água rasa.

Após uma semana, Hanne ficou mais receptiva a excursões matinais. Até voltou dos estábulos com ideias de lugares que gostaria de visitar. Elas caminharam vários quilômetros até um lugar chamado Burger Meister, administrado por americanos. Em vez do museu de caça à baleia, Hanne mostrou a ela o cemitério de ossos de baleia no bosque que ficava atrás do museu. A cada poucas semanas, Hanne contou, funcionários do museu removiam a pilha dali, mas, depois de alguns dias, outro monte de ossos tomava seu lugar. Quando a manhã delas ia bem, Oda dizia a si mesma que hoje, *naquele dia* ia insistir que conversassem no escuro, que Hanne escutasse uma das histórias que Fritz costumava contar sobre sua infância em Fürth, ou sobre o namoro deles, ou a estranha viagem que tinham feito a Luxemburgo antes de Hanne nascer. Ela se sentia uma pretendente, uma sedutora. Comprou uma pulseira para Hanne e deu-lhe durante o jantar. Encorajou que ela tomasse café ou um chá com cafeína junto à sobremesa. Mas não importava o bom humor em que conseguisse deixar a filha durante o dia, uma vez na cama, se Oda tentava começar uma conversa, Hanne acabava com aquilo.

— Vamos só ouvir o mar — dizia. Ou, com mais violência: — Não aguento mais ouvir sua voz hoje.

Um dia, no almoço, Oda tentou explicar as histórias sobre Fritz que queria que Hanne escutasse.

— Não falamos dele o suficiente. Nem da morte dele. Não quero que você pense que eu não consigo falar dele. Eu consigo. Posso falar. Eu quero.

— Tá bom — disse Hanne.

— Então, você quer?

— Não sei. Agora, não.

— Hoje à noite?

— Não.

— Quando?

— Sei lá. Não sei o que você quer que eu diga.

— Não quero que você diga nada em particular. Só acho que o silêncio não é saudável. Eu cresci com pais que nunca falavam sobre as coisas importantes, as coisas que os incomodavam.

— A guerra?

— Sim, a guerra era uma dessas coisas.

— Então, a morte do Papi é como a guerra e eu sou como um nazista que não quer falar disso?

— Hanne. Você sabe o que eu quis dizer. Não quero que ache, quando for mais velha, que tinha uma mãe que não queria falar das coisas, porque eu quero.

— Tá bom, se eu prometer que nunca vou dizer que você não falava das coisas, dá para a gente parar com esta conversa?

— Eu o conheci na aula de francês.

— É, eu sei. Ele achou que era uma aula de história, mas não foi embora porque viu sua nuca.

Bom, isso era meio exagerado, mas ela deixou passar.

— Eu conheço as histórias. Tenho um zilhão de fotos. Eu me lembro dele.

— Você ainda tem saudade dele?

— Ah, tenho.

— Acha que foi injusto ele morrer?
— Lógico. Ele só teve metade da vida. Talvez menos.
— Mas injusto com você.
— Acho que sim. Mas também eu não o conhecia tão bem.
— Como assim?
— Ele trabalhava muito.
— Ele jantava em casa quase todo dia. Ajudava você com a lição.
— Deve ter sido uma vez.
— Hanne, não. Muitas noites.
— E, nos fins de semana, ele ia a congressos.
— Algumas vezes por ano. E, às vezes, a gente ia com ele. A Barcelona, lembra? — Ela tinha a lembrança dos três em um parque perto do hotel, mas também tinha a lembrança de comprar para Hanne uma boneca feita de folhas de palmeira, porque Hanne havia ficado em casa com a mãe de Fritz. Qual era verdadeira? Ela não tinha certeza.
— Isto é conversar? Porque parece que você está me dizendo o que eu deveria lembrar.

Três dias antes de ela e Hanne irem embora da ilha, Oda teve a primeira conversa de verdade com os australianos.

Ela tinha descido sem a filha, que lhe dissera na noite anterior que queria dormir até mais tarde. Oda sentou-se em seu lugar da mesa de sempre, depois desejou ter escolhido a outra cadeira. Sem Hanne à sua frente, ela encarava os australianos sem obstrução.

— *Guten Morgen* — disse o marido. Ele tinha um sotaque bom, mas exagerado, enérgico demais.

— Como vai? — respondeu Oda em inglês.

— Ah, tão bem quanto seria de se esperar na terceira semana de férias com esses pestinhas.

Ela entendeu a essência, mesmo que não cada palavra. O menino mais velho estava jogando um pacote de açúcar no cabelo. O pai pegou o pacote e espanou o açúcar da cabeça do menino. Alguns cristais voaram no prato de Oda.

— Desculpa — disse ele. — E você? Como vai?

Será que ele sabia? Claro que não. Mas já fazia tanto tempo que, quando alguém perguntava como ela estava, era cheio de pena e se preparando para a resposta, como se ela tivesse o poder de machucar com a verdade.

— Vou bem — respondeu ela com leveza, porque, desta vez, podia. Para ele, ela era só uma mulher com a filha, não uma tragédia. — Durmo bem perto do mar. — Ou seria *no* mar? Ela nunca conseguia acertar as preposições britânicas e americanas, e vai saber como eram as australianas.

— Eu também. — Ele sorriu para ela, charmoso com seu cabelo selvagem e seus olhos verdes brilhantes. E aquele corpo longo e esguio. Ele estendeu o braço para pegar uma fatia de presunto do prato da filha, e seu torso se esticou pela mesa toda, as costelas em relevo nas costas através da camiseta fina.

— Sua filha toma conta de crianças? — perguntou a esposa dele, pegando a maior parte do presunto de volta para a filha, que tinha começado a gritar.

— Não toma, não.

Imagine só Hanne tentando controlar esse bando.

O café da manhã dela chegou e ela se recompôs, mantendo os olhos baixos. Quando eles estavam saindo, o marido falou:

— Até.

A esposa entregou a menor para ele. Oda se perguntou se um dos dois ia morrer precocemente e deixar o outro atordoado por um tempo.

Naquela noite, Hanne anunciou que ia passar o dia cuidando das crianças australianas.
— Você disse para eles que eu não cuido de crianças?
— Porque você nunca fez isso antes. E porque já ouviu elas lá em cima. São uns pequenos terroristas. Além do mais, não falam alemão.
— Eu falo inglês, mãe — retrucou Hanne, em inglês.
Oda riu.
— Que foi? É assim que se fala.
— Sua voz. É mais grave em inglês.
Hanne quase riu também.
— É porque tivemos aula muitos anos com o Sr. Manfield, e ele sabe cantar a ária de Osmin, que chega até a nota D2. — Quando Oda não respondeu, ela completou: — A nota mais grave de todas as óperas.
O pai de Fritz pagava aulas de piano para Hanne, embora ele não as visitasse desde o funeral. Pagava a professora de piano diretamente pelo correio, como se Oda fosse tentar pegar uma parte.
Hanne a olhou como se esperasse que dissesse algo, mas Oda agora estava brava com o pai de Fritz e foi até o banheiro no fim do corredor.

O casal australiano havia contratado um barco para levá-los a algumas cavernas em alto-mar. Oda tinha lido informações sobre elas. Pareciam assustadoras. Era uma hora para ir e uma para voltar, e eles provavelmente passariam mais uma hora nadando por lá, disse o marido a Hanne no café da manhã.

Juntos, eles olharam o relógio.

— Então, vamos voltar lá para as onze e meia, mais ou menos — disse ele. — As criaturinhas ficam meio sem freio na rua. Melhor mantê-los lá em cima, onde estão os brinquedos e livros.

Oda riu sozinha. Não eram crianças capazes de se sentar e escutar uma história.

Mas ela estava errada. Hanne subiu com eles para o terceiro andar e Oda, depois de esperar alguns minutos, subiu as escadas em silêncio e ficou escutando na porta.

— De quais vocês gostam? — perguntou Hanne com sua voz grave em inglês. — Dos patos ou... como se chama este?

— Das formigas! — respondeu um dos meninos.

— Das formigas? Vocês escolhem o livro das formigas?

— Não, dos patos — disse a menininha. Os garotos não discutiram.

Hanne leu para eles sobre os patos, depois sobre as formigas. Aí, uma história sobre um menininho na cidade que colecionava animais no telhado sem os pais saberem.

— Eu tenho um celeiro. Aqui. Com um monte de animais — disse a menina quando a história terminou. — Quer ver?

— Quero, sim — respondeu Hanne.

— Aqui, está aqui! — falou um menino.

— Eu que quero mostrar para ela!

— Aqui, olha a vaca gordona!

— Eu que quero mostrar para ela! — irrompeu a vozinha.

— Pode me mostrar, Muffin. — Muffin? Era mesmo esse o nome dela? — Eu fecho os olhos e você me leva.

Fecha os olhos, Hanne costumava dizer à mãe, eu preciso te mostrar uma coisa especial. Quantas vezes ela tinha levado uma Oda cega ou um Fritz cego pela mão para outro cômodo ou o outro lado de um parquinho? Como se fôssemos cavalos, pensou Oda agora.

— Tá bom, por aqui, por aqui — arrulhou a menininha. — Tá, vira aqui. — As vozes diminuíram no fundo do cômodo, e Oda desceu.

Hanne teria filhos um dia. Teria sua própria família, e essas futuras pessoas é que iam receber o coração e o carinho dela. Oda seria a velhinha que eles eram forçados a ver nos feriados, antes de rir no carro de volta para casa. Isso, agora, era provavelmente o mais próximas que as duas jamais seriam.

Oda tentou se sentar em sua poltrona, mas não era como quando Hanne ia andar a cavalo. Ela ouvia passos, conversas, risadas. Conseguia distinguir a voz mais grave e lenta de Hanne das vozes das crianças, embora não entendesse o que diziam. Na idade da menininha, Hanne amava torrada com canela.

Ela desceu. O café havia terminado, a cozinha estava limpa. O dono da pousada tinha saído, talvez para andar de bicicleta. Ela cortou quatro fatias de seu próprio pão, torrou e passou manteiga. Num armário sobre o fogão, encontrou canela e misturou com alguns pacotes de açúcar de uma mesa na sala de jantar, sacudindo a mistura em cima das torradas. Levou as fatias num prato para o terceiro andar.

— Que cheiro bom — disse Hanne.

O andar de cima era um apartamento, com uma sala de estar, dois quartos e luz entrando por muitas janelas grandes. Hanne a levou para uma pequena cozinha em formato de corredor. Se ela e Hanne um dia voltassem ali, era aquele espaço que deviam alugar. Mas, claro, nunca voltariam.

— Nham! — disse o menino mais velho. — Obrigado por um petisco tão esplêndido. — Era difícil acreditar que se tratava do delinquente da mesa do café de todas as manhãs.

— Está indo tudo bem, Hanne? — perguntou Oda em alemão.

Hanne fez que sim com a cabeça. Oda percebeu que ela não queria quebrar o feitiço do inglês. Mas Oda não queria revelar a ela ou às crianças o quanto estava enferrujada nem seu sotaque ruim – ela não tinha o ouvido musical de Hanne –, então, foi embora.

Arrumou um pouco o quarto delas e voltou a se sentar na poltrona com o livro. Sentiu algo quente nos pés. Era o sol, dois quadrados estendidos sobre o chão. Na água, ele começou a dançar.

Os australianos não voltaram às onze e meia. Nem ao meio-dia. Ao meio-dia e quinze, ela escutou o telefone lá de cima tocando, mas não conseguiu escutar nada da conversa. Talvez Hanne fosse precisar de ajuda para fazer o almoço deles. Talvez fossem precisar de um pouco do pão dela. No meio das escadas, ela escutou a batida da primeira manhã. Imaginou que fosse a vaca gordona.

— Agora é meio-dia e quinze! — Era o menino mais velho.

— Pare com isso. Minha mãe está lá embaixo.

Ele não parou.

— Eu não tenho que fazer nada que você mandar. Você nunca nem ficou de babá antes.

— Fiquei, sim.

— Não ficou, não. Eu ouvi sua mãe dizer.

— Ela não sabe. Eu já fiz isso antes.

— Cadê. Os. Meus. Pais? — A cada palavra, ele dava uma pancada com a vaca.

As duas outras crianças estavam brigando por alguma coisa.

— Parem com isso, vocês dois. Parem. Muffin brinca primeiro, depois você.

— Ela brincou a manhã toda!

— Cadê. Os. Meus. Pais?

— Você gosta dela só porque ela é menina. Todas as meninas são assim em todo lugar. Elas odeiam meninos.

— Eu não sei onde eles estão.

As batidas ficaram mais altas. As crianças berravam para serem ouvidas. Hanne tentou aplacá-las uma por vez, sem sucesso. Oda bateu, mas ninguém ouviu.

— Parem! Vocês precisam parar! — Hanne agora também estava gritando. — Eu conto se vocês pararem.

Eles pararam.

— Venham se sentar — disse ela. — Preciso contar uma coisa que eu não quero contar.

As entranhas de Oda ficaram geladas.

As crianças brigaram para ver quem se sentaria em que parte do sofá. Por cima da discussão, Hanne falou:

— Sua mamãe e seu papai, eles morreram.

— Não morreram, não.

— Morreram, sim.

— Que nem os animais morrem? — perguntou a menininha em um guincho.

— Você está mentindo — disse o mais velho.

— O telefonema — falou Hanne.

— Você disse que era o dono da pousada ligando para falar das compras de supermercado.

— Eu não sabia como contar para vocês. — O inglês dela estava falhando.

127

— Eles entraram nas cavernas. Só um pouquinho. — A voz dele ficava cada vez mais aguda.

— Eles foram com um guia ruim que levou eles errado. Água demais.

— Eles se afogaram numa caverna?

— Sim.

Quando o menino mais velho começou a chorar, todos os outros choraram também.

— Vem aqui — disse Hanne. — Vem aqui para o meu braço. Vocês todos. Venham. Deixa eu abraçar vocês.

Oda tinha recebido a ligação informando do acidente de manhã, enquanto Hanne estava na escola. Ela foi identificar o corpo e assinar a primeira batelada de muitos papéis, como se a morte fosse só mais um acordo comercial a ser fechado. Quando Hanne chegou em casa, ela a levou ao sofá e a abraçou, e disse que precisava contar algo que não queria contar. Hanne tinha pulado e corrido para outro quarto. Não me conta, gritara. Mas Oda contou. Ela se sentou na cama de Hanne. Não me toca, dissera Hanne quando Oda tentou fazer carinho no cabelo dela. Então, Oda se sentou em uma poltrona ao lado da cama como uma visitante num quarto de hospital. Estava agoniada para abraçá-la. Para ser abraçada. Deixe eu te abraçar, tinha pedido sem parar.

Ela subiu o resto dos degraus. Sabia que precisava impedir Hanne, mas foi interrompida e paralisada em frente à porta pela voz terna e suave da filha.

— Vai ficar tudo bem. A gente vai ficar bem. Eu vou cuidar de vocês.

Era quase como uma hipnose, como se Hanne estivesse fazendo o papel de Oda em um transe.

— Onde a gente vai morar? — choramingou o menino mais velho.

— Vocês vêm morar com a gente.

— Aqui? Nesta casa?

— Não — disse Hanne. — Mas podemos nos mudar para cá. Vocês querem? Posso ensinar vocês a andar de cavalo.

— Não sei.

— Eu ia gostar — falou a menina.

— Posso ensinar alemão a vocês. Vamos ficar bem.

Da recepção, Oda escutou as vozes dos australianos. A esposa disse alguma coisa, e o marido riu. As pernas de Oda ficaram frias, como se ela estivesse sozinha com fantasmas.

Eles subiram rápido as escadas.

— Oda — falou a esposa. — Desculpa o enorme atraso. Como foi?

Oda não conseguiu achar palavras para eles. Mas não precisava. As três crianças saíram voando do apartamento, guinchando para os pais. Oda passou por eles e entrou no apartamento. Hanne ainda estava no sofá à luz nova e clara. A pele dela tinha um brilho febril.

Oda se sentou ao seu lado.

— *Mutti* — disse Hanne, e caiu pesada de lado nos braços da mãe.

LINHA DO TEMPO

Meu irmão estava me ajudando a carregar minhas coisas até o apartamento dele.

— Só não vai falar de *Ethan Frome*, tá?

— Quê?

— É uma coisa dela — explicou ele. — Ela fica bêbada, aí a gente briga e ela diz: "Só porque eu não li *Ethan Frome*".

— Espera, é sério?

Tínhamos parado entre os lances de escada. Ele viu como eu achava esse detalhe delicioso.

— Por favor. Só não fala — disse ele.

Se a situação fosse ao contrário, ele já estaria decorando passagens do livro.

— Tá bom — respondeu ela, bem relutante.

Ele fez um ruído que não era exatamente uma risada.

— Acho que vai ser um desastre total.

Subimos para o próximo lance. Havia escadas externas, como em motéis. Arrastamos para dentro meus sacos de lixo cheios de roupas e livros. Meu quarto era indo reto até os fundos. O dele e de Mandy ficava ao lado da cozinha. Por todo o tempo em que morei lá, nunca entrei, então não posso te dizer como era. Da cozinha, quando eles deixavam a porta entreaberta, parecia um buraco negro. Meu quarto era claro, com duas janelas dando para a North Street, em vez do estacionamento, e muito espaço para minha escrivaninha. Ele achou engraçado eu ter levado uma escrivaninha. Na verdade, era uma mesa, sem gavetas, com pernas que eu precisei parafusar de volta.

Eu havia me mudado muito, mas, daquela vez, era mais um autoexílio. Arrumando meu quarto naquela noite, não tive a mesma sensação de sempre, torcendo as pernas de volta sob a barriga do tampo de madeira e empurrando a mesa contra a parede e entre as janelas. Aquela sensação de recomeço, página em branco, de que tudo é possível. Não tive isso. Eu sabia que ia escrever um monte de coisas idiotas que me fariam chorar antes de escrever qualquer coisa boa naquela mesa.

Meu irmão entrou e riu do meu único pôster. Era uma linha do tempo da história humana. Era estreito e ocupava três paredes, indo do Paleolítico Médio até o desastre nuclear de Chernobyl de alguns anos antes. O pôster me reconfortava.

Ele colocou o dedão em um ponto perto do fim.

— Aqui estou eu. Nascido entre o primeiro voo espacial tripulado por homens e a construção do Muro de Berlim.

Não morávamos juntos desde que eu tinha sete anos e ele, treze. Agora, eu estava com vinte e cinco e ele era velho. Ele se sentou na minha cama.

— Aquele cara sabe que você está aqui? — perguntou.

— Não.

— Vai descobrir?

— Provavelmente.

— Vou ter que brigar com ele?

— Mais provável ter que escutá-lo cantando "Norwegian Wood" e tocando cítara embaixo da minha janela.

— Aí, eu vou mesmo ter que dar um pau nele.
— Seus vizinhos provavelmente vão chegar antes.
Ele riu muito.
— Caralh*, vão mesmo. — Ele olhou ao redor. — Mandy não vai gostar desses livros todos.

Eu não tinha estantes, então, havia empilhado os livros em colunas em várias partes do quarto. Pareciam um pomar de árvores nanicas.

— Não tem um único *Ethan Frome* à vista.
— Cala a boca. Agora.
— Diz isso para ela — falei, mais alto. Ela ainda nem tinha chegado em casa. — Diz que eu nunca li.
— Não. Não podemos falar disso. Você não entendeu?
— Eu *nunca* quis falar mais sobre *Ethan Frome* do que neste exato momento.
— Ela vai te odiar pra cacete. — Mas ele estava apoiado na linha do tempo na parede, rindo de novo.

Consegui um trabalho em outro restaurante, o mais caro que consegui encontrar. Ficava lá no lago Champlain, perto das fazendas, e não parecia grande coisa de fora, mas, por dentro, ainda era uma casa dividida em pequenos cômodos. Alguns tinham uma mesa, outros, algumas. O restaurante era íntimo. As pessoas iam lá pela intimidade. Durante a entrevista, me perguntaram se eu estaria disponível para trabalhar no fim de semana da formatura, de 12 a 14 de maio, turnos duplos se necessário.

— Só posso te dar este emprego se me prometer esse final de semana — disse-me Kevin, o gerente com cara de bebê.

Prometi. Era para eu ser madrinha do casamento da minha amiga Saskia naquele fim de semana. O vestido lilás que ela me enviara para usar estava em um dos sacos de lixo ainda fechados.

— Seu irmão é o homem mais gentil e generoso — comentou Mandy. — Eu sei, porque sou empática. Minha mãe sempre me falou: encontre o homem com o maior coração. Sabia que ele raspa o gelo do meu para-brisas toda manhã? — Era abril em Vermont, e ainda nevava algumas manhãs, então não estávamos falando de só alguns meses de raspar gelo. Eram tipo seis ou sete. Era *mesmo* gentil da parte dele. Mas o Wes dela e o meu Wes eram pessoas completamente diferentes. Meu Wes era reservado, afiado, todo intensidade. O Wes dela era um "ursinho de pelúcia", tão aberto, tão *doce*. Doce não era uma palavra que usávamos em nossa família. Ser doce era para trouxas. Sinceridade, generosidade e ternura também não eram valorizadas. Tínhamos sido ensinados a afiar a língua e nos defender até a morte com ela. Nós nos amávamos, nos divertíamos, mas não nos abríamos nunca e jamais nos surpreendíamos por uma facada repentina.

Mandy era alta, sexy e trabalhava como assistente em um consultório de fisioterapia porque, disse ela, era o lugar em que fora tratada depois de "um acidente doméstico" aos dezessete anos. Wes me contou depois que o pai dela havia estourado o joelho dela com o taco de beisebol do irmão.

Wes e Mandy não tinham livros. Eu não conseguia achar nem uma caneta. Todo aquele lado dele – os prêmios no internato, as peças que ele escreveu e dirigiu na faculdade até desistir do curso – tinha sido enterrado para que Wes ficasse com ela.

Eu não o via muito. Ele trabalhava durante o dia instalando a rede elétrica em casas novas e feias que ficavam em terrenos lindos, e eu trabalhava durante a noite subindo e descendo escadas, servindo famílias que vestiam sua melhor roupa e casais que noivavam em pequenos salões. Kevin não me demitiu quando lhe contei do casamento em Massachusetts. Mas ficou bravo e me colocou sob advertência, e obrigou Tiffany a me dar as piores mesas, que ficavam no terceiro andar. Mas todos bebíamos juntos quando o restaurante fechava, depois de colocarmos as mesas para a noite seguinte e distribuir as gorjetas da cozinha e do bar. Em uma noite, acabamos todos no chão do Salão Azul, o mais chique, onde colocávamos o governador e o reitor da universidade quando vinham jantar. Entramos numa discussão enorme sobre alguma coisa, o assassinato de JFK, acho. Estávamos todos bem bêbados e gritando ao mesmo tempo, e Reenie, que estudara psicologia infantil mas não conseguia achar um emprego, pegou um dos longos e estreitos vasos de porcelana de cima da lareira – o Salão Azul tinha uma lareira que funcionava, e o garçom dali sempre tinha que, além de tudo, ficar alimentando o fogo – e falou que só a pessoa segurando o vaso podia falar. Chamou de bastão da fala, mas eu rebatizei de Receptáculo do Poder, e Kevin, que estava tentando muito me ignorar, riu, e vi que minha advertência não ia durar mais muito tempo. Não me lembro de muitas noites naquele restaurante em Shelburne, Vermont, mas me lembro daquela. Lembro que me senti feliz entre estranhos, pessoas que eu só conhecia havia algumas semanas, o que me fez sentir que minha vida ia ficar bem, no fim das contas.

* * *

No último restaurante em que eu trabalhara, em Cambridge, Massachusetts, eu tinha me apaixonado pelo barman. Muito. Não estava esperando. William era tão tranquilo quanto seu nome sugeria, e era fácil trabalhar com ele. Ele usava roupas vintage femininas no trabalho, principalmente peças asiáticas – quimonos, *sabais, qipaos* –, mas, de vez em quando, um terninho Chanel ou um vestido de flamenco cheio de babados. Ele varria o salão em sedas amarelo-girassol ou vermelho-escarlate, entregando uma garrafa de vinho ou o *gimlet* de que a gente havia esquecido. Não parecia querer atenção por causa das roupas, e na única vez que elogiei um look – um sári turquesa bordado – ele me agradeceu seco e disse que minha mesa de seis estava pronta para pedir.

Eu o encontrei no Au Bon Pain numa manhã de domingo. Ele deixou duas pessoas passarem à sua frente para podemos ficar mais tempo juntos na fila. Estava usando uma calça de veludo masculina e um suéter de lã. Tudo no meu corpo mudou, como se eu soubesse, como se estivesse esperando. A forma como ele pegou a carteira no bolso, como entregou o dinheiro e deslizou seu café pelo balcão, como parou no canto do açúcar e colocou um pouco de creme. Os vestidos escondiam a amplitude de sua escápula, o estreitamento da cintura, os músculos duros da bunda. Caralh*. Eu tinha ouvido falar que ele tinha namorada. Fui embora sem colocar leite no meu chá.

Só que ele me alcançou e caminhamos juntos com as mãos em volta das bebidas quentes naquele dia frio. Ele perguntou se eu tinha visto a nova escultura em frente à Biblioteca Widener e desviou para entrar no jardim e me mostrar. Nós nos sentamos nos degraus da biblioteca e fingimos que estudávamos em Harvard.

— Que curso você faz? — perguntei, e ele disse "História da Arte", e eu disse "eu também", e ele disse "não acredito", e tentamos descobrir se tínhamos aulas juntos. Inventamos nossas disciplinas: Espigões na Escultura Moderna, Carrancas da Europa Ocidental *versus* Rostos Sorridentes. Não é de surpreender que ele fosse bom em entrar em um papel. Eu sentia que estava de volta à faculdade, que ele era um cara bonitinho que tinha acabado de conhecer e que estava prestes a me beijar. E ele me beijou. Às onze horas de uma manhã de domingo em novembro. Foi a primeira vez que um primeiro beijo me fez querer transar. Imediatamente. Ele me olhou como se sentisse a mesma coisa e como se não fosse nenhuma novidade. Relaxou contra mim, como meu pai caindo no sofá com seu primeiro drinque. A distância, havia o som de uma criancinha guinchando, e ele se afastou. Era um menininho, entrando pelos portões, correndo na nossa direção. William pegou minha mão.

— Vamos.

Ele me puxou escada abaixo na direção do menino e da mulher que vinha atrás dele. Os dois estavam arrumados, o garoto com uma gravata-borboleta de seda e um minúsculo sobretudo de lã de camelo, e a mulher com salto alto e um casaco mackintosh preto, um flash de turquesa no meio.

— Como Deus está? — chamou William.

— Bem — respondeu o menino, ainda correndo. Com suas pernas curtinhas, ele demorou muito para chegar até nós. — Ele está muito bem — completou, enfiando o rosto na coxa de William.

Ele continuava segurando minha mão ao me apresentar aos dois, seu filho, disse, e sua esposa, Petra.

Insistiu que ela não se importava, que o relacionamento deles não tinha absolutamente nenhuma restrição, que eles permitiam que o outro fosse exatamente quem era *a qualquer dado momento*.

Ele sempre dizia isso, *a qualquer dado momento*, como se, depois de sessenta segundos, você virasse outra pessoa, quisesse algo diferente. Eu bem queria que fosse verdade. Continuei o desejando.

Ele gostava de citar Ralph Ellison: "Quando eu descobrir quem sou, serei livre".

Sob os vestidos, afinal, ele não usava nada. Eles subiam, com muita facilidade, no banheiro de pessoas com deficiência, na chapelaria, no frigorífico. Petra e eu engravidamos no mesmo mês.

Um mês robusto para espermatozoides, disse ele. Ele amou. Não viu nada de errado. Meu aborto o deixou triste, mas ele não discutiu e pagou metade do valor.

No início de abril, ela foi ao restaurante antes de abrirmos para o almoço. Só ficou um minuto, entregando a ele uma chave de carro, mas era um dia quente e vi a curva da barriga sob o cinto do vestido transpassado. Soltei a bandeja de saleiros e pimenteiros e saí. Liguei para meu irmão, enfiei minhas tralhas em sacos de lixo e dirigi até Burlington.

Uma semana antes do casamento de Saskia, Wes e eu combinamos de ir ao cinema. Eu tinha uma noite de folga e Mandy estava visitando a irmã em Rutland. Eu o encontrei no bar que ele frequentava após o trabalho. Wes estava no canto, jogando cartas com Stu, seu amigo do trabalho; Ron, aquele que vivia indo ao hospital por causa do coração; e Lyle, que tinha acabado de sair da prisão por um transporte de drogas que dera errado na fronteira canadense. Eu me sentei e esperei que ele terminasse sua jogada. Havia na mesa outro cara que não reconheci. Era jovem, provavelmente ainda na faculdade. Ele e Wes estavam mastigando palitos de dente.

Wes venceu a rodada com o valete de paus.

— Que papagaiada, Wesley Matraca — disse Ron.

Todos o chamavam de Wesley. Ele nunca contou que seu primeiro nome era Westminster. Ele se levantou para pagar a conta.

— E você, conhece Wesley de onde? — perguntou-me o garoto do palito de dente.

— Ele é meu irmão.

O garoto riu.

Do outro lado do salão, Wes fez um gesto de cabeça na direção da porta, e saí atrás dele.

Alguns dias depois, perguntou se eu me lembrava do jovem do bar. Fingi que não.

— Universitário — disse ele, como se nunca tivesse sido um. — Muito cabelo. Falou que não acreditava que você era minha irmã.

— Eu disse que era.

Wes sorriu.

— Então, você se lembra dele, sim. Ele achou que você estivesse brincando. Em relação a ser minha irmã. Precisei apostar cem pratas com ele.

— Wes.

— Você só precisa ir até o bar e mostrar sua carteira de motorista para ele. Quando é sua próxima folga?

Olhei feio.

— Vai. É o dinheiro mais fácil que eu vou ganhar na vida.

Passei lá. O nome dele era Jeb. Levei meu passaporte, porque a foto era melhor. Ele pareceu bizarramente impressionado pelo passaporte, mais impressionado do que um cara com um bom corte de cabelo e uma camiseta que vinha desbotada de fábrica deveria ficar. Sem motivo nenhum, Jeb mostrou a carteira de motorista dele. O nome completo era Jebediah. A foto devia ter sido tirada quando ele tinha dezesseis. Ele parecia a esperança encarnada. Contou cinco notas de vinte para Wes.

— Não sei por que está sorrindo se sou eu que estou ficando com toda a bufunfa — falou Wes.

— Achei que você tivesse sido criado por lobos, cara. Achei que tivesse surgido da terra igual a um cogumelo.

Depois que fui embora, Jeb perguntou ao meu irmão se podia me chamar para sair.

Fomos a uma loja de doces num morro fora da cidade – lá, tudo ficava num morro ou encravado em um vale – numa quinta à tarde. Três velhinhas com toucas de plástico nos ofereceram um tour e comemos pastilhas quentes de chocolate amargo e copinhos de pasta de amendoim macia de um saco marrom, sentados em balanços de um parquinho. Todos os fatos da minha infância o encantavam, não porque haviam acontecido comigo, mas porque haviam acontecido com Wes. Meu irmão tinha enfeitiçado um pouco o garoto. Para ele, Wes tinha saído rastejando do pântano e aparecido no bar com dentes manchados, cecê e divagando de Hume a Hendricks, reunindo os jovens e os velhos, os honestos e os corruptos, os falidos e a elite rebaixada. Jeb tinha crescido com dinheiro em Connecticut. Dizia que seu apelido evitava que as pessoas vissem que ele era judeu. Seu irmão Ezra tinha tido uma infância diferente, mais difícil. Jeb fora bastante exposto a brancos, anglo-saxões e protestantes, mas nunca conhecera um como Wes, arrependido, retratado, que dizia, quando pressionado, ter sido criado em Lynn, não Marblehead, que jamais admitiria ter troféus de tênis ou ter mergulhado em Barbados.

No apartamento de baixo, moravam Stacy e seus três filhos. Eles eram descontrolados e gritavam muito, e, às vezes, dava para ver Stacy usando um grande casaco de lenhador, provavelmente do ex-marido, fumando um cigarro do outro lado da rua enquanto os três filhos abriam o berreiro dentro de casa. Mas estava claro que era uma boa mãe. Da minha escrivaninha, eu a via levar as crianças à escola, e ela andava como um pato ou cantava uma música de amor brega. Os filhos dela eram pequenos demais para ficar com vergonha, e eu os ouvia rindo mesmo depois de dobrar a esquina. Escrevi algumas vinhetas sobre Stacy e os filhos dela naquela escrivaninha, mas nunca viraram nada. Ela estava desempregada havia algum tempo e, quando finalmente achou outro emprego, era no turno da madrugada, como faxineira no hospital. Ela precisava aceitar, contou a Wes. Se o ex-marido descobrisse que ela não tinha emprego, tentaria derrubar o acordo de guarda. Depois de três meses, falou, ela podia fazer um pedido para o turno diurno. Então, fez um acordo com Wes e Mandy de que, se escutassem algo, iam descer e, se as crianças precisassem de algo, podiam subir. Ela saía assim que os colocava para dormir e voltava antes de acordarem.

Na noite seguinte ao meu encontro na fábrica de doces com Jeb – ele tinha me beijado num farol e me lançado sorrisinhos pelo resto do caminho –, Wes, Mandy e eu fomos acordados por um grito penetrante, na verdade, um uivo, como se alguém tivesse sido mordido por algo. Era o filho mais novo de Stacy, A. J., que sonhara ter sido atacado por um gatinho.

— Gatos podem ser assustadores — disse Wes, depois de levar as três crianças à nossa cozinha, esquentando um pouco de leite. — Eles têm dentes pontiagudos e, se forem maus, a fofura deles é ainda mais sinistra.

O pequeno A. J. estava olhando as próprias mãos na mesa e fazendo que sim. Seu rosto estava vermelho e suado. O mais velho parecia ainda não estar muito acordado, e a menina caminhava por aí descrevendo quase tudo na sala:

— Mamãe tem um desses.

Wes disse a ela que precisava de ajuda para pegar o mel da prateleira mais alta com uma escada, e segurou a mão dela enquanto a menina subia até o topo. Quando todos tinham uma caneca de leite adoçado à sua frente, ele pegou o saleiro e o pimenteiro na mesa, transformando-os em dois amigos chamados Willy e Nilly, que estavam perdidos na floresta. No fim, todos acreditávamos que aqueles pequenos objetos de cerâmica eram crianças de verdade, pelo jeito que ele os fazia se mover, falar e abaixar quando as águias vinham procurá-los, e que o palito de dente que ele puxou do bolso era a mãe que tinha ido encontrá-los. Mandy havia tentado entrar com uma colher que deveria ser o pai, mas a voz dela estava toda errada, e fiquei feliz quando A. J. lhe disse que não tinha pai na história e tirou a colher da mão dela. Levamos as crianças de volta lá para baixo e as colocamos na cama.

A menininha olhou o relógio em sua mesinha de cabeceira.

— Faltam só três horas para mamãe voltar.

Fiz carinho na testa dela.

Os olhos dela se abriram.

— Quantas horas eu falei?

— Só três — respondi.

Nós os trancamos e subimos.

Sentar-me na cama da menina acariciando o cabelo dela me deixou sem fôlego e leve demais, como se a gravidade tivesse parado de funcionar direito.

Fiquei acordada até Stacy voltar. Escutei a porta da frente dela se abrir e se fechar, mas ela ficou quieta depois disso, precisando daquelas poucas horas de descanso antes de ter que acordar as crianças. Caí em um sono profundo e, quando acordei, ela já os havia levado à escola.

Fui dirigindo para o casamento de Saskia. Não tinha dinheiro para ficar hospedada no resort, então, não tinha ido ao jantar de ensaio na noite anterior. Isso significava que eu precisava chegar à igreja uma hora antes para algumas instruções. Uma mulher chamada Caledonia me encontrou na porta. Deixou claro que tinha assumido meus deveres de madrinha principal. Ela tinha até comprado pulseiras de prata esterlina gravadas com a data para todas as outras madrinhas – havia oito de nós. Eu teria precisado de vários turnos no restaurante para pagar uma única pulseira daquelas. Ela me deu a minha. A caixa estava fechada com um laço azul apertado com um nó duplo. Ela esperou que eu abrisse e levantasse a tampa. Ficou grande demais. Pulseiras sempre ficavam. Tenho mãos anormalmente finas. Deslizei até quase o cotovelo e a segui até a nave central.

Saskia estava irreconhecível caminhando até o altar. Quando éramos crianças, ela tinha um cabelo insano que parecia ter sido eletrocutado, que agora estava todo alisado e dobrado em pétalas que se espalhavam como uma peônia e deixavam o rosto dela muito pequeno. Eu não tinha certeza se ela estava nervosa ou brava comigo, mas só me olhou de relance uma vez, e sua expressão não mudou. Eu não a via fazia treze anos. Suspeito que tenha me escolhido como madrinha principal só para não ter que escolher uma favorita entre suas amigas de verdade.

Quando acabou e eu saí com o padrinho pela nave da igreja, vi William, não nos fundos, mas perto da frente, do lado do noivo, como se fosse da família. Estava cochichando com duas tias, uma de cada lado dele. Vestia um smoking branco vintage, absurdamente chique para o casamento vespertino, mas o corte era perfeito e ele estava lindo com seu olhar tímido para mim. Deve ter visto o convite no meu apartamento em Cambridge antes de eu ir embora.

— Filho da * — falei.

— Outro belíssimo toque, Furona — disse o padrinho, e soltou meu braço do dele assim que chegamos às portas da igreja. Caledonia tinha virado todo o grupo contra mim.

Por mais que eu quisesse o elegante William nos meus braços na festa, onde todo mundo me odiava, mandei-o embora.

Ele roçou o dorso da mão devagar pela lateral do meu pescoço, até o lóbulo da minha orelha.

— Só me dá umas horas com você.

— Por favor, vai embora. — Foi muito difícil dizer essas palavras.

Algumas das outras madrinhas estavam encarando, mas se viraram quando voltei pelo estacionamento. Entramos em limusines que nos levaram a um clube de campo onde posamos para fotos no campo de golfe enquanto o sol se punha, a luz plana e laranja no nosso rosto, da forma que os fotógrafos gostam. Todos os padrinhos e madrinhas, menos eu, tinham estudado juntos em uma pequena universidade no norte de Nova York. Saskia e Bo tinham se conhecido na orientação dos calouros. Todos os brindes continham palavras como "prenunciado" e "destino" e "era para ser". As mulheres pelo menos tinham peso, altura e cor de cabelo variados, mas os homens eram enormes e indistinguíveis, todos remadores universitários. Cada vez que um deles se levantava com o mesmo terno para dizer a mesma coisa que o último havia dito, eu o imaginava com um quimono vermelho-sangue ou um vestido transpassado amarelo-limão.

Quando não dava mais para evitar, eu me levantei e contei uma história sobre quando Saskia tinha seis anos e o cachorro dela ficou doente. Quando me sentei, todos na minha mesa estavam chorando. Caledonia estendeu o braço e apertou minha mão. As pulseiras eram iguais. Depois disso, pessoas falaram comigo e os homens compridos me tiraram para dançar. Saskia me abraçou e disse que me amava, e todos jogamos alpiste quando eles foram embora. Eles tinham tirado as roupas do casamento e pareciam estar indo trabalhar em uma seguradora. Alguém me contou que iam pegar um voo para Atenas. Voltei à igreja de carona com um cara de quem eu gostava no ensino médio. Ele parou ao lado do meu carro e vi que estava decidindo se tinha energia para tentar algo, mas saí antes que chegasse a uma conclusão.

Voltando para Vermont, pensei em palavras e em como, colocando algumas delas na ordem certa, uma história de três minutos sobre uma menina e seu cachorro pode fazer as pessoas esquecerem como você as decepcionou.

Eram quase duas da manhã quando cheguei em casa e todas as luzes do nosso apartamento ainda estavam acesas. Mandy estava tendo um de seus episódios. Eu ainda não tinha visto um. Wes me contou que, de vez em quando, ela bebia até entrar em uma espécie de transe. Eu havia dado risada e dito que mal podia esperar, mas ele respondera que não era engraçado. Ela estava andando de lá para cá na cozinha. Wes estava na mesa, coberta com todo tipo de garrafa e copos e canecas.

— Vai direto para o seu quarto — ele me disse. — Deixa que eu lido com ela.

A cabeça de Mandy se virou na minha direção. Ela parou de se mexer. Seu rosto estava todo rearranjado, como um brinquedo que eu e Wes tínhamos que era o contorno do rosto de um homem e um monte de preenchimentos de metal que se moviam com um lápis magnético que alterava as feições e o deixava feliz, ou triste, ou bravo. Mandy estava brava.

— Aí está ela, a Senhora Escrevinhadora. A Senhora História da Porr* do Mundo.

— Aqui estou. — Eu estava sóbria e muito cansada.

— Vestida que nem uma princesa de contos de fadas.

Tentei fazer uma mesura, mas o vestido de madrinha era apertado demais. Eu parecia uma sereia roxa deformada.

Wes fez um leve floreio com o dedo para eu seguir o caminho até meu quarto, nos fundos.

Ela viu. Estava perto demais da gaveta de facas para o meu gosto. Mas disse:

— Amor, eu te amo tanto. — Não havia nenhuma emoção na voz, parecia os remadores idênticos fazendo brindes no clube de campo. — Tanto. — Ela foi até onde ele estava, agora dura, como se seus joelhos nunca tivessem se curado.

Cantarolei, bem baixinho, quase sem fazer som, algumas notas de "Psycho Killer".

Ele estava olhando para ela quando caiu pesada no colo dele, mas me ouviu – ou entendeu sem me ouvir – e um canto de sua boca tremeu para cima, como se ele estivesse lutando contra isso com todas as forças.

Mandy deu um salto.

— O que é isso? — Ela agarrou o ar por cima da mesa entre mim e Wes. — O que é tudo isso? Eu odeio. Odeio. — Ela agora estava lutando com algum enxame invisível em cima da mesa. A mão dela varreu um copo, que voou para trás, depois mais copos e garrafas voaram em diferentes direções, e Wes só ficou sentado, esperando acabar. Quando ela parou, parecia ter tanta coisa que queria sair gritando, mas que estava presa em algum lugar. Os preenchimentos de metal de sua expressão se rearranjarem outra vez em uma fragilidade desafiadora.

Houve uma batida na porta.

Ela girou a cabeça de novo.

— Quem será que pode ser? — disse ela, mecanicamente.

— Talvez seja Ethan — falei.

— Que Ethan?

— Ethan Frome. — Fui atender a porta antes de poder ver a reação dela.

Era William. Usando aquela porr* daquele sári turquesa. Ele se abaixou. Uma garrafa de Jim Beam passou por cima dele, saltou pelos degraus da varanda de entrada, deslizou por baixo do corrimão e se espatifou na calçada lá embaixo. Ele deve ter me seguido por três horas na estrada, desde o estacionamento da igreja.

Mandy veio atrás de mim com seu andar de joelhos duros, mas eu rapidamente contornei a mesa. Ela me perseguiu, mas a coisa imaginária do joelho a deixava bem lenta e precisei tomar cuidado para não ir rápido a ponto de alcançá-la por trás.

— Estamos brincando de corre-cotia? — disse William, entrando na cozinha.

— Ah, caralh*, é o seu babaca? — perguntou Wes.

— Sim, sou eu — William disse. — O babaca dela.

— Definitivamente não é o que eu esperava.

— Infelizmente, embaixo disso tudo é muito sexy — falei, ainda correndo ao redor da mesa.

Mandy parou na frente de William.

— Que coisa mais intrincada — disse ela, passando os dedos pelo bordado dourado da gola dele.

Outra batida à porta. William estava mais perto.

— E aí, cara? — Era Jeb. — Vestido legal. — Ele observou o cômodo e me viu contra a parede mais distante. — Lucy — disse ele, com a voz gradativamente mais alta. — Você voltou. — Ele me beijou. Seus lábios estavam frios e com gosto de fumaça e pinho.

— Fiquei com um medo de você não voltar de Massachusetts. Foi estranho.

— Você estava no bosque.

— Ahã. — Ele me beijou de novo. — Festa. — E de novo. — Fogueira. — Ele era jovem. Não ligava para quem visse todo o seu desejo e energia.

— Petra teve o bebê — disse William. — Uma menininha chamada Oriole.

Foi a primeira vez que me senti sozinha no meu corpo, como se faltasse alguém. Eu não tinha sentido aquilo antes.

Não sei como Mandy soube – eu não havia contado a Wes de nenhuma das gestações –, mas ela veio rápido e me abraçou forte.

Então, chegaram as sirenes. Duas viaturas em nosso estacionamento. Claro que achamos que estavam vindo por nossa causa, mas eles bateram na porta de baixo. Bateram, e bateram, e os filhos de Stacy não atenderam. Todos ficamos em silêncio. Wes apagou a luz. Qualquer coisa que dissermos vai fazer Stacy ficar encrencada, disse ele.

Outro carro parou na garagem. O ex de Stacy. Eu o vira uma vez saindo da casa dela. Mas ele nunca vinha quando deveria – aos domingos, o dia dele com as crianças. Nós o ouvimos lá fora falando com a polícia e chamando à porta.

— Está tudo bem, crianças. Abram. Sou eu. É seu pai. Está tudo bem. Michael, Allie, A. J. — ele falou o nome deles devagar e separadamente, como faria um professor novo, como se estivesse com medo de errar a pronúncia. — Abram a porta agora.

— Nada. Aí: — Sua mãe sabe que eu estou aqui. Ela está chegando. Vamos, gente. Abram.

Wes ligou para o hospital e disse para mandarem Stacy vir imediatamente. Aí, ligou lá para baixo. Ouvimos o telefone tocando e o pai deles dizendo do lado de fora:

— Não atendam esse telefone!

E Wes expirou:

— Anda.

E Mandy disse:

— Todo mundo está tão sério agora. — E fizemos sinal para ela ficar quieta, o que a fez chorar, mas baixinho, um choramingo.

O telefone parou de tocar.

— A. J. — Wes agarrou o bocal com as duas mãos. — A. J., me escuta. Sua mãe está vindo para casa. Não abra a porta, tá? Não, eu sei que é seu pai, mas escuta. Diz para ele não fazer isso, A. J. Diz...

Mas eles abriram.

Wes puxou nossa porta com tudo e os pés dele descendo a escada soaram como um rufar de tambores.

— Vocês sabem que tem uma liminar proibindo esse homem de tirar as crianças do local sem o consentimento da mãe. Vocês sabem disso, né?

— Não sou eu que vou levar as crianças — disse o ex. — São eles.

— E apontou para pessoas que não enxergávamos. Debruçamo-nos sobre o corrimão. Um homem e uma mulher à paisana estavam agachados ao lado das crianças, todas as três agora choravam, A. J. mais alto que os outros dois. Ele estava tentando dizer "mamãe", mas seus lábios não se uniam para formar o *m*.

— Quem são eles? — sussurrou Jeb.

— O Serviço Social — disse William.

— Com todo o respeito — falou Wes —, mas vocês estão cometendo um erro terrível. Stacy já está voltando. Se alguém tem culpa, sou eu. Ela me pediu para ficar com eles, e tive que subir ao meu apartamento para pegar outro maço de cigarro. Nunca houve uma mãe melhor. Ela ama demais essas crianças. Ela cuida delas e as escuta e... Olha, ela chegou. — Ele correu na direção do carro de Stacy, que acabava de estacionar, e disse alto: — Stace, eu estava contando para eles que precisei subir rapidinho para pegar outro maço...

Depois disso, tudo ficou terrivelmente emaranhado, com Stacy correndo na direção dos filhos, e os policiais a segurando, e as crianças berrando e batendo nos assistentes sociais para chegar até a mãe, e o ex dela de repente surtando, chamando-a de filha da * e cuspindo na cara dela, mas o cuspe caiu no pescoço do policial mais baixo, e ele não gostou nada, e soltou Stacy, e empurrou o ex dela contra uma das colunas que seguravam a varanda em que a gente estava, e sentimos toda a frágil estrutura balançar enquanto batia nele. O policial sabia que havia entendido tudo errado e precisava se sentir melhor.

Durante tudo isso, Wes continuou falando, como se certa combinação de palavras faladas no tom correto pudesse melhorar tudo para todos. Mas os policiais levaram o ex, e as crianças foram colocadas no banco de trás do carro do Serviço Social. Stacy tentou correr atrás, mas Wes a segurou. Ele berrou para eu jogar as chaves e entrou em sua caminhonete, e saíram acelerando para alcançar os filhos dela.

William ainda estava olhando na direção do carro com as crianças, embora o prédio vizinho bloqueasse a vista da rua.

— Volta para sua família, William — falei.

— Vou voltar — respondeu ele em uma voz que eu nunca tinha ouvido antes, solene como um padre.

Ele desceu as escadas e atravessou o estacionamento. Não estava com os saltos que geralmente usava com aquele vestido, então a barra arrastou um pouco nas poças de lama.

Jeb passou as pontas dos dedos pela minha têmpora e pelo meu cabelo. Ele tinha cheiro de Vermont e de tudo de que eu ia sentir saudade dali mais tarde.

Mandy ainda estava olhando Wes pela janelinha ao lado da pia.

— Eu encontrei, mamãe — cantarolava ela para o copo. — O maior coração do mundo.

Jeb foi comigo para meu quarto. Ele riu do pomar de livros e subiu na minha cama de bota. Eu me sentei à escrivaninha e o observei.

— Vamos começar bem do começo. — Ele colocou o dedo na primeira marca da linha do tempo: 200.000 a.C., a aparição de Adão Cromossomial-Y e da Eva Mitocondrial.

Meu quarto tinha cheiro de madeira queimada. Wes e Stacy estavam perseguindo um carro com os filhos dela pela cidade. Mandy e eu íamos esperá-lo a noite toda, acordadas. E um dia, em breve, eu me sentaria àquela escrivaninha e tentaria congelar tudo isso em palavras.

Jeb estendeu a mão para mim.

— Vem cá.

HOTEL SEATTLE

Na faculdade, Paul comprava um saco de Doritos tamanho família após a missa de domingo, deitava-se de bruços na cama com os livros didáticos e cadernos apoiados no travesseiro, e fazia todos os deveres da semana que vinha. Ele só precisava de uma xícara de café e um saco de Doritos. Nossas camas no dormitório faziam um L no quarto. Todo domingo, eu podia olhar o corpo dele pelo tempo que quisesse.

Éramos melhores amigos porque dividíamos o quarto. Nunca me iludi de que, se não fosse isso, ele teria me escolhido. Socialmente, nós nos equilibrávamos. Ele era o cara que chegava a um lugar e deixava todo mundo mais confortável. Eu deixava as pessoas profundamente incomodadas, principalmente eu mesmo. Se não dividíssemos um quarto, eu teria sido um daqueles caras no nosso corredor para quem ele acenava com a cabeça na escada, talvez zoando um pouco enquanto se barbeava na pia, mas sem discussões às duas da manhã sobre transubstanciação ou Bret Easton Ellis.

Quando se é criado no catolicismo (missa, Confraria da Doutrina Cristã, acampamentos de jovens) com seis irmãos, um pai megalomaníaco e uma mãe que, sempre que você a procura, está de joelhos rezando, é difícil arrancar todas as camadas de vodu para se reconhecer gay.

— Desejos sexuais — dizia o padre Corcoran com seus lábios sempre cheios de cascas — são as larvas no banquete.

Aprendíamos a cortar nossos desejos no minuto em que os sentíamos. E desejos homossexuais eram abafados com ainda mais rapidez, antes de chegar ao cérebro. Mas deixavam uma marca. Eu sabia que tinha algo de errado comigo. Por muito tempo, achei que era só a religião, da qual eu precisava me libertar. Que a garota em meus braços não era a garota certa. Tentei outra e outra. Tantas garotas dispostas. E nenhuma delas era bem a garota certa.

Mas aos domingos, na faculdade, com horas para passar os olhos para cima e para baixo no corpo de Paul, que era bem estreito, com músculos pequenos e compactos nas panturrilhas e pequenas barbatanas sobre as escápulas, a descoberta começou. Proust tinha as madalenas, e eu, meus Doritos. Ainda hoje, consigo enfiar o nariz em um saco do salgadinho e voltar instantaneamente ao nosso quarto de canto, à penumbra de New England e ao que, na época, parecia um enorme emaranhado de sentimentos, mas era apenas luxúria juvenil.

Não havia dúvida de que Paul era hétero. Ele namorou Marion Kelley no primeiro ano, Ellie Sullivan, Bridget Pappas e Cheryl Lynch no segundo, Lori Duff do intervalo entre o segundo e o terceiro até o baile de inverno do último, quando conheceu Gail McNamara, a pior de toda essa parada de sucessos, com quem se casou duas primaveras depois de nos formarmos, em 1987.

— Desculpa por você não ser o padrinho principal. Minha mãe me obrigou a escolher Joe. — Joe era o mais cruel dos irmãos dele. — Senão, ele não iria. — Ele estava prendendo uma rosa amarela na minha lapela no porão da igreja.

— Sempre madrinha, nunca a noiva. — Eu estava bêbado do almoço. Estava nervoso. Tinha feito sexo – sexo de verdade – com um homem pela primeira vez algumas semanas antes. Eu sabia que era gay. Finalmente. Conseguia dizer a mim mesmo sem ficar enjoado. Também sabia que Paul estava se casando com a pessoa errada, sabia de todas as reclamações que ele já fizera sobre Gail. Ela o tratava que nem um empregado; nem sempre cheirava bem; era temperamental, irracional, nem sempre honesta e usava sexo como moeda de troca. Esperei que ele se abrisse, que me pedisse ajuda para fugir. Ainda tínhamos quinze minutos antes da cerimônia.

— Você tem certeza? — falei, enfim.

— Sim. Já prendi seis flores dessas.

— Não.

— Se tenho certeza de que quero me casar?

— Com Gail.

Ele riu.

— Tenho muitíssima certeza.

Um carro de madrinhas tinha estacionado. Os tornozelos e as barras dos vestidos ficavam no nível dos nossos olhos pelas janelinhas.

Ele não tinha nem vinte e quatro anos. Falei:

— É como se você tivesse entrado em uma loja enorme e escolhido a primeira bugiganga na mesa.

Ele riu. Tinha uma paciência incrível com as pessoas, até com gente bêbada tentando descarrilhar a vida dele de última hora.

— Gail não é uma bugiganga. E está prestes a virar minha esposa.

Ele estava arrebatador de terno cinza. Uma costura preta descia pelo interior da perna, e eu quis tocá-la, percorrê-la. Quis levantar a barra do paletó e dar uma última olhada na bunda que eu observei de maneira tão empertigada, tão relutante, o desejo estrangulado bem fundo em mim, por domingos ao longo de quatro anos. Mas agora não era hora de contar ao meu melhor amigo que eu era gay e o desejava. Agora era hora de subir as escadas do porão, parar em um corredor escuro, dar nele um abraço seco e virginal e desejar boa sorte.

Paul foi o último a quem contei. Primeiro, contei a minha mãe (que disse que ela mesma contaria ao meu pai, mas acho que nunca o fez) e, aí, contei aos meus irmãos, um por um, de uma forma elaborada que envolveu uma carta, um presente e uma reunião clandestina no armário do telefone embaixo das escadas em um Natal, da qual eles zombarão para sempre. *Psiu*, é só o que um irmão precisa dizer a outro, apontando para um armário de telefone imaginário (meus pais já estão mortos, a casa foi vendida), e todo mundo começa a praticamente mijar nas calças. Para Paul, eu não tinha carta, nem presente, nem armário de telefone. A gente se encontrava algumas vezes por ano quando o trabalho dele o levava a Boston ou o meu me levava a Nova York, mas não consegui contar pessoalmente. Ele me ligou uma noite (geralmente, era ele quem ligava, com alguma música horrenda no fundo) e, quando tinha se alongado demais sobre a faringite do filho, eu soltei:

— Aliás, eu sou gay.

Ele me surpreendeu. Não aceitou bem. Ficou em silêncio, depois resmungou algumas poucas frases sobre estar feliz por eu ter contado e desligou. Nunca ligou de volta. Eu o perdi, assim de repente.

* * *

Saí de New England. Fui para Seattle com meu namorado, Steve. Eu estava prestes a terminar com Steve, mas, aí, ele me contou de uma possível transferência para a Costa Oeste. Era meu primeiro namorado de verdade, e era muito generoso e carinhoso, ajudando a descascar todas as minhas camadas espinhosas de medo e autoaversão, mas eu achava que era hora de seguir em frente, ver quais eram as outras possibilidades.

Mudar-se, reacomodar-se, fazer novos amigos, reconfigurar rotas a cafeterias, livrarias, restaurantes, casas noturnas – tudo isso pode adiar indefinidamente o fim de um relacionamento. Ainda estávamos nessa fase, nosso terceiro ano em Seattle, quando Paul ligou.

Steve atendeu. Na época, não tínhamos identificador de chamadas, então ligações ainda eram um mistério. Steve começou imediatamente a abanar o braço, me chamando do sofá com enormes acenos enquanto continuava dizendo com uma voz monótona e plácida:

— Sim, acho que ele está por aqui em algum lugar. A não ser que tenha caído da varanda em cima da maconha dos vizinhos. — Steve amava o fato de termos vista para um jardim ilegal. Contava para todo mundo que conhecíamos. — Espero que você não seja policial — completou, antes de cobrir o bocal com a palma da mão e falar sem som as palavras *Paul Donovan* sem parar. Steve e eu estávamos juntos já havia oito anos, e, embora eu tivesse tentado menosprezar minha atração por meu colega de quarto na faculdade, agora estava claro que eu não a escondera nem um pouco.

Durante toda aquela curta conversa, Steve pulou de sofá em sofá, uma troça, uma paródia de meu coração batendo forte.

Paul viria para Seattle a negócios. Tinha encontrado meu irmão Sean em um jogo do Red Sox, e ele havia mencionado que eu estava morando aqui. Será que eu queria tomar alguma coisa na próxima terça?

Mesmo sem necessidade, fui checar o calendário e voltei para dizer a ele que conseguia abrir espaço na minha agenda.

Ele sugeriu sete e meia da noite no hotel.

— Ótimo. Vou colocar na agenda — falei, sem saber o que saía da minha boca e com Steve ainda pulando ao meu redor.

— Você e sua agenda — brincou Paul, como se fosse uma coisa que ele soubesse sobre mim havia anos. — Não vai conseguir lembrar?

Na terça à noite, deixei Steve fazendo biquinho no apartamento. Ele não entendia por que não podia ir junto ou pelo menos nos encontrar para a sobremesa.

— A gente vai sair para beber, não jantar.

— Então, pelo menos, me deixa chegar para o último drinque.

— O último drinque pode ser o primeiro.

— Então, eu posso só ir até o bar, fingir encontrar você por acaso. Não preciso ser seu namorado. Posso ser um colega de trabalho. Posso ser seu massagista.

— E eu lá quero que ele ache que eu tenho um massagista? Já é ruim o suficiente eu ser gay.

Steve fechou os olhos e sacudiu a cabeça.

— Todos os anos que seu psicólogo e eu investimos para te desprogramar, simplesmente não fizeram efeito nenhum, né?

— Já é ruim o suficiente para *Paul* eu ser gay. Isso acabou com a nossa amizade.

— *Ele* acabou com a amizade.

— Isso. Tchau. — Beijei-o nos lábios, e ele gostou. Ultimamente, não andávamos nos beijando assim. Ele me abraçou e eu deixei, sabendo que aumentava as chances de ele não me seguir.

Paul estava no bar, cotovelos no balcão, vendo um jogo na TV de tela plana em cima da cabeça do barman.
— Este lugar parece um necrotério.
Ele se virou para me olhar.
— Bem-vindo ao meu mundo. Bares de hotel e salas de reunião.
Ele estava na meia-idade. O cabelo tinha se retraído na direção do topo da cabeça, os ombros haviam ganhado gordura e encurvado. Não apertamos as mãos. Eu não queria. Ocupei-me com minha jaqueta, fazendo um auê desnecessário decidindo onde colocá-la, e me sentei devagar na cadeira ao lado dele. Era a raiva que fazia meu coração se debater. Eu ainda tinha raiva dele. Se era porque tinha me largado ou porque já não era um deus na terra, mas um vendedor de meia-idade, eu não sabia.
— Mas eu gosto de lugares assim — disse ele, chacoalhando o gelo no copo. — Todo mundo à deriva, vindo de algum lugar, de nenhum lugar. Olha a mulher no canto. Meu Deus, o que vai acontecer com ela hoje?
— Um homem de calça branca de poliéster vai entrar e olhar para ela.
— O entretenimento. — Ele fez um gesto de cabeça para o canto, onde havia um palquinho com só um microfone em um suporte. — E ele sabe como ela seria boa em um dueto.
Paul começou a cantar "You Don't Send Me Flowers Anymore" em falsetto, e me juntei a ele. Nós rimos. Ele ainda conseguia

fazer as notas agudas. Todas as noites em que tínhamos ficado sentados cada um em sua cama com uma cerveja e deixado nossa mente vagar assim. Não era igual a conversar. Não exigia esforço. Eu chamava de "desconexar". Ele era capaz de simplesmente voltar a isso sem pedir desculpas? Eu ia deixar?

— Ou — falei — podia ser você mesmo indo lá para transar com ela.

As sobrancelhas dele foram para baixo e logo para cima. Ele não ia me mostrar que estava surpreso com meu rancor.

— Podia, mesmo. — Ele terminou a bebida de uma vez. Senti que estava tentando pensar em algo espirituoso para adicionar. Naquele momento, senti que ele não tinha um pensamento ou impulso que eu não conseguisse antecipar.

— Você viaja a trabalho? — perguntou ele.

— Não. Nunca. — Ele não sabia o que eu fazia. — Você, sim, claramente.

— Não tanto quanto querem que eu viaje. Não valem a pena as brigas em casa quando eu volto. Gail é cheia de burocracias. Uma viagem assim e perco qualquer possibilidade de ter uma hora sozinho pelos próximos três finais de semana.

Eu não queria saber de Gail. Tinha dado a ele uma chance de fugir.

— E o que você faz com uma hora sozinho?

— Não sei. É tudo hipotético. Não existe tempo livre. Temos três filhos e uma casa que precisava de reforma e que nunca reformamos, então, fico só lidando com o caos do amanhecer ao anoitecer. Loja de ferramentas, farmácia, jogo de futebol. Repete.

O barman finalmente me notou e veio até nós. Nós nos conhecíamos de uma festa, mas nenhum de nós falou disso, e Paul percebeu a tensão resultante.

— O que foi isso?
— O quê?
— Aquele... — Ele esfregou os dedos — frisson.
— Não teve frisson.
— Teve um frisson. Eu reconheço um frisson.
— Você pode até ter sentido um frisson. Eu estava só pedindo um Campari.
— Um Campari. É algum tipo de código?
— Código para quê?
— Sabe, um jeito de dizer ao barman que você é gay.
Eu me levantei.
— Senta aí — disse ele, com uma voz retumbante entediada que devia usar com os filhos.
— Você me deve um pedido de desculpas, não mais insultos.
Vi o rosto dele se contorcer em uma imitação e, depois, voltar a se aplainar. Perguntei-me se ele fazia isso com os filhos, imitá-los, como meu pai fazia comigo. Era a primeira vez que eu reconhecia a similaridade entre Paul e meu pai. Eu devia ter ido embora nesse momento.

Mas ele disse:
— Eu realmente te devo um pedido de desculpas.
E eu me sentei, para esperar.

Fomos a uma cabine para jantar. Não passamos para o vinho. Ele continuou com seus puros maltes com gelo e eu pedi martínis de vários sabores. Nenhum de nós bebia muito na faculdade, então o ritmo contínuo de seus pedidos de bebida me surpreendeu, bem como minha insistência em acompanhar o ritmo dele. Eu tinha a sensação de que estávamos correndo para algum lugar, precisando fazer nossa última refeição e tomar nosso último drinque antes de ir, embora, por muitíssimo tempo, idiota que sou, eu não sabia aonde íamos.

Desconexamos durante as entradas, patas de siri horríveis cobertas com algum tipo de casca e fritas até ficarem pretas. Elas inspiraram pensamentos sobre a culinária em New England – ele agora morava em Cincinnati – e, entre nós dois, lembramos quase todos os pratos no refeitório da Boston College: a torrada de queijo, o macarrão *chop suey*, o pão de ló cor-de-rosa.

O garçom trouxe os pratos principais: ossobuco, salmão grelhado. Eu estava cheio, zonzo, cansado. Meu nervosismo inicial tinha desmoronado em uma fadiga pesada, mesclada a medo. Eu não entendia o medo, embora soubesse que devia ter a ver com a mudança dele. Mas eu estava acostumado a mudanças. Um dos meus irmãos recentemente tinha emagrecido noventa quilos, dois amigos próximos tinham mudado de sexo, e minha mãe, após a morte do meu pai, voltara à faculdade e se tornara veterinária de animais de grande porte. No site, ela estava listada como especialista em garanhões. Já Paul tinha só se tornado mais corpulento e desiludido – e quem não tinha?

— Depois que você me ligou aquela vez e me contou, sabe, aquilo que me contou — disse ele, e não o corrigi em relação a quem tinha ligado para quem, o que me foi difícil, porque eu gosto que as pessoas contem as histórias do jeito certo —, devo ter passado um ano só revendo todas as lembranças de nós dois. Caralh*, a gente foi *acampar*. Dividimos aquele sofá-cama no apartamento da minha mãe, chuveiros, banheiros. Você teve namoradas! Aquela Carla baixinha ou Carlie, que era apaixonada por você. E aquela outra, que começava com B. E você não teve um caso com Anna no meu casamento? Caramba, quando eu contei a Gail, ela ficou tipo: "Jura, Sherlock?", mas vou dizer, eu nunca percebi. Você é um ótimo ator.

— Eu não estava atuando. Levei muito tempo para juntar os pontos.

— Ah, vai. Fala sério. Todo mundo sabe. Você sabe quando tem seis anos. Sabe se está pensando: quero transar com *ela* ou quero transar com *ele*.

— Você pensava em transar quando tinha seis anos?

— Ô se pensava. Com a professora Carlyle. Saia marrom justinha.

— Você sabia o que era transar quando tinha seis anos?

— Eu sabia que a professora Carlyle e meu pênis tinham alguma coisa. Eu sabia disso.

— Bom, meu pênis só foi ter alguma coisa com alguém quando eu tinha vinte e três anos.

— Não é verdade. Você teve namoradas.

— Eram amigas que eu beijava.

— Você nunca transou com nenhuma delas?

— Não. E nunca fingi que ia transar.

— Eu pressupus.

— Eu não era igual a você.

E agora percebo por que estou com medo. Estou com medo de ele me perguntar se, naquela época, eu queria transar com ele. E sei que não vou mentir. E sei que vai ser o fim de verdade para nós.

— E, agora, você só transa com homens?

— Só. Um homem por vez.

— Você nunca fez um ménage?

Por que homens héteros amam perguntar isso?

— Não de verdade.

— Não de verdade?

— Bom, Steve uma vez convidou um cara. Achamos mesmo que íamos ficar com ele, mas aí ele tirou a calça e tinha uma bunda muito caída. Era um cara bem magro com uma bunda branca de geleia, e Steve e eu não conseguimos parar de rir. Ele ficou bravo, compreensivelmente, e foi embora. — Steve chamou de fiasco da bunda pelancuda. Ainda ríamos daquilo até a barriga doer.

Se Steve estivesse aqui, podia contar a história daquela noite tão bem que todo mundo ficaria sem fôlego. Mas Paul não achou minha versão engraçada.

— É melhor, o sexo com homens?

Eu ri.

— Para mim, é.

— Assim, porque sexo é meio atlético. Estou aqui pensando. Eu meio que ando pensando nisso há um tempo. Quer dizer. As mulheres vivem reclamando de se machucar, sabe?

— Tipo emocionalmente?

— Não, fisicamente. Quero dizer que o sexo as machuca.

— Sério?

— Quer dizer, assim que você se empolga de verdade, elas falam que está machucando.

— Sério? — A esse ponto, achava que não havia muito sobre sexo que eu não soubesse, mas aquela novidade me surpreendeu.

— Acho que nunca transei com Gail sem ela falar "ai" umas cinquenta vezes. Estava só pensando se com homens é diferente.

— Talvez seja. Algumas pessoas são mais selvagens que outras.

— Você é selvagem?

Percebi que ele estava inclinado no meio da mesa; os nós de seus dedos tocavam meu prato e seus olhos, seus olhos verdes, bêbados e aquosos, estavam em cima de mim.

— Sou, um pouco. — Eram os martínis falando.

— Eu já sei como o seu pênis é.

— E eu sei como é o seu — eu disse, tentando descontrair e falhando. O pênis que ele tinha mencionado de repente ficou duro que nem pedra.

— Eu quero.

— Paul — falei.

Ele se levantou, fez um sinal para o garçom colocar tudo na conta dele e quase me empurrou para o elevador. Quando chegou e ficamos sozinhos, assim que as portas se fecharam, ele pulou em mim – boca, barba por fazer, hálito de ossobuco. Estou beijando o Paul, estou beijando o Paul. O nome dele ressoava em mim como um sino de catedral. Ele me apertou com força contra o corrimão de latão, as mãos buscando meu zíper, e aí o elevador apitou e ele estava do outro lado da cabine, parecendo nunca ter me visto na vida. Mas, quando as portas se abriram, não tinha ninguém no sétimo andar. Ele estendeu o braço para eu sair primeiro e aí me empurrou contra o batente do elevador e, quando as portas tentavam fechar, elas batiam em mim sem parar, me empurrando contra ele. Ele estava em cima de mim como um animal, mordendo meus mamilos por cima da camiseta, esfregando, estocando, como se tivesse agarrado um pedaço de carne enorme demais e não soubesse o que fazer.

— Paul. — Peguei o rosto dele e segurei na frente do meu. — Calma, meu bem. Vamos para o quarto.

Ele parecia incapaz de me olhar nos olhos, mas procurou a chave no bolso e me levou pelo corredor. Fiquei no centro do quarto azul-marinho enquanto ele passava a chave, o trinco e a corrente na porta. Dava para escutar a respiração dele.

— Sabe, acho que a gente precisa dar uns passos para trás.

Ele não pareceu processar que eu havia falado. Tirou a camiseta levando uma mão para as costas e puxando com tudo, enquanto a outra tateava cinto e zíper. O pênis dele pulou na minha direção, e ele ainda respirava ruidosamente, mas agora sorrindo, orgulhoso de sua ereção, me encarando pela primeira vez desde que saíramos do restaurante, como se esperasse um elogio pelo que o pinto era capaz de fazer.

— Deita — grunhiu ele.

Eu me sentei na cama.

— Eu realmente queria...

— De barriga para baixo.

— Paul, não vou deitar.

O rosto dele se contorceu de novo. Aí, ele foi até mim, se inclinou e me deu um beijo longo e lento e belíssimo, do jeito de que eu sabia que ele era capaz, do jeito como beijava todas aquelas garotas de quem eu tinha tanto ciúme. Mas, mesmo durante o beijo, mesmo enquanto minha própria ereção voltava e minhas entranhas se reviravam, eu sabia que ele estava me apaziguando, me dando o que eu queria, mas que não tinha interesse de verdade em dar nem receber. E, quando tinha me enfraquecido o bastante, ele me virou e arrancou minha calça (era um jeans de Steve, um pouco grande demais para mim) sem abri-la.

Quantas vezes naquela noite tentei fazer contato, implorei para ele desacelerar, parar? Ele não parava. Quando acabou, meu corpo vibrava de dor. Paul desmaiou instantaneamente, e fiquei lá deitado esperando forças para me levantar, para voltar assim para Steve. Nunca vieram.

Acordei com o som do chuveiro. Meu corpo todo estava dolorido. Havia hematomas vermelho-escuros em minhas pernas e minha barriga. Achei difícil me virar.

— Você parece a Gail — ele havia resmungado em algum ponto quando reclamei da dor. Era assim que Gail se sentia de manhã? Era isso que ele fazia com ela ou era isso que achava que homens faziam uns com os outros, ou era simplesmente o que fazia para me punir?

O chuveiro parou. A torneira se abriu. A batida de uma gilete na pia.

Quando ele abriu a porta, o rosto estava sem cor.

— Bom dia — falei docemente, zombeteiro, o suposto amante sob os lençóis.

Ele pareceu não conseguir entrar no quarto.

— Você tem AIDS?

— Como assim?

— Preciso que você me diga a verdade. Você é HIV positivo?

— Não.

— Como você sabe?

— Já fui testado várias vezes.

— Tipo quando? Quando foi a última vez?

— Sei lá. Há três anos. — Na verdade, fazia uns cinco.

— Há três anos. Céus. Há três *anos*. Eu tenho mulher e *filhos*. Caralh*! Não dá pra acreditar nesta merd*. — Ele foi até o armário, abriu uma capa protetora de roupas e puxou do cabide um termo preto e uma gravata listrada.

— Steve e eu somos monogâmicos.

Ele riu em desdém.

— Ah, é. Estou vendo. Ele é tão monogâmico quanto você?

— Paul... Isto foi, obviamente. Foi a primeira vez. Eu nunca...

— Eu escutei o tom do Steve ontem no telefone. Ele parecia a fim de uma f*da. Admita, homens, héteros ou gays, f*dem sempre que têm chance. E caras gays pegam uma *doença* por fazer isso. E sabe quem vai pagar? Minha mulher e meus *filhos*. Acho bom você sair dessa porr* dessa cama e ir se testar e me mandar a merd* do resultado. Toma, eu te dou meu cartão e você pode mandar para o meu escritório. Escutou? — Ele estava vasculhando na maleta, que estava em cima da mala. — Que *caralh**! — E derrubou a coisa toda, maleta, mala, suporte. Caíram em uma mesinha redonda que tinha um vasinho de tulipas e, quando a mesa não caiu, ele a empurrou também. Devagar, fui na direção das minhas roupas.

— Achei que era pra vocês usarem camisinhas.

— Eu não diria que tive lá muita escolha nessa noite.

— O que isso quer dizer?

— Quer dizer que seu trem ia entrar na estação e eu não podia fazer nada para impedir.

Aí, seu rosto azul-pálido deu um nó para um lado. Eu nunca o tinha visto chorar. Nunca me ocorreu que Paul pudesse chorar. Ele ficou lá parado com uma toalha branca amarrada na cintura grossa, o peito sem pelos arfando e o rosto todo amarrotado como um guardanapo sujo.

Continuei a me vestir. Cada movimento doía de algum jeito. Ele queria que eu o consolasse, reconhecesse sua estranha crise de meia-idade prematura de homem hétero. Talvez quisesse até transar de novo.

Tirei a corrente e o trinco da porta e saí. O corredor estava em silêncio. O elevador subiu, abriu-se, aceitou meu peso cedendo apenas de leve. Desceu com um suspiro rápido e gentil até o lobby.

Em uma poltrona de couro vermelha ao lado da porta giratória estava Steve, adormecido. Cutuquei o joelho dele com o meu, os olhos dele se abriram e os vi desvendar a história toda em meu rosto. Ele era mais velho do que eu e muito sábio. Caminhou ao meu lado muito devagar, tão devagar quanto se pode imaginar caminhar, para a rua, para Pike, até voltar para casa.

ESPERANDO POR CHARLIE

ESPERANDO

POR

CHARLIE

Todo mundo tinha dito para ele falar com ela normalmente. Mas como poderia, quando a cabeça raspada dela tombava para a janela, quando a camisola do hospital tinha se aberto, revelando um peito cheio de sardas e plano como uma tábua, com os seios grandes caídos para o lado, quando ela estava com as costas apoiadas sob uma placa que dizia: PACIENTE NÃO TEM OSSO DO LADO DIREITO DO CRÂNIO.

Eles tinham removido essa parte do crânio por causa de uma inflamação após o acidente. Sem isso, ela teria morrido. Agora, semanas depois, o edema tinha cedido, e o lado sem osso tinha colapsado como um melão podre. Ele havia se acostumado com suas próprias deteriorações: o quadril, os pulmões, a pele que rasgava como um lenço de papel molhado. Ele precisava dormir com oxigênio. Sangrava pelas roupas sem motivo. Mas olhar essa menina, com menos de vinte e cinco anos, machucada a ponto de ainda não ter nem retomado a consciência, era algo com que ele jamais se acostumaria. Ele nunca voltaria ali. Nunca.

Normalmente.

— Olá, Charlotte. — Ele esperou que ela se virasse e o cumprimentasse. Claro que ele sabia das circunstâncias, mas quando, nos últimos noventa e um anos, ele tinha falado com alguém em um quarto silencioso sem resposta?

Ele falou mais alto.

— Eu disse: "Olá, Charlotte". — Ele tinha certeza de que, dentro da hora que lhe designaram, ele a tiraria do transe. Tinha conseguido coisas bem mais impressionantes que isso na vida.

Ele sabia que os netos tinham medo dele. Ou já haviam tido. Ele antes era grande e falava alto. Não gostava que eles mascassem chiclete nem respondessem. Sentia pena, agora, por todas as vezes que havia dito a esta que o cabelo dela era curto demais, que já era ruim o bastante que tivesse escolhido Charlie como apelido. Mas, às vezes, as crianças precisavam de direcionamento.

Havia uma cadeira ao lado de janela. Ele puxou mais para perto e se sentou.

— Aqui é o seu avô, Charlotte. Eu vim sozinho te ver. Quero que você acorde agora. Você deixou todo mundo preocupado demais com você. — Ele se lembrou da esposa dizendo-lhe para não falar nada negativo e completou: — Você é uma ótima atriz, mas vamos lá.

Houve um som alto de rachadura, como algo duro e quebradiço se partindo em dois. Ele viu a boca larga de um tubo apoiada na clavícula dela. Reconheceu a geringonça de sua última cirurgia. Ela jogava no ar quinze por cento de oxigênio a mais, e isso fizera com que ele se sentisse seguro. Não parecia estar roçando em nada que não o paninho embaixo. O maxilar dela se mexeu e houve outro estalo. Vinha de dentro da boca.

— Ei, não faça isso. — Ele colocou as mãos nas bochechas dela. A pele estava grudenta de suor. Sob seus dedos, o queixo dela mais uma vez balançou de um lado para o outro, soltando aquele som terrível. Ele teve medo de achar todos os dentes despedaçados, mas, quando abriu a boca da neta, estavam todos bem. Eram até familiares. Ela passara um verão inteiro com ele, o verão em que as irmãs mais velhas dela tinham ido para o acampamento e seus pais se divorciaram. Ela tinha oito anos, e parecia que todos os dentes estavam caindo ou nascendo. Quase toda noite, ela mostrava os últimos acontecimentos. Tinha sido uma criança ansiosa, mas virara uma jovem ousada, confiante. Confiante demais, talvez. Todos os netos dele eram confiantes demais. Quando ele reclamava disso, da agressão e impulsividade deles, riam. *O roto falando do rasgado*, diziam.

Ele tinha visto uma foto da pista em que ela caíra.

— Eu não teria descido por aquela encosta. Era íngreme demais e estava com muito gelo, e dava para ver que não tinha neve sobre as pedras. Foi uma tolice. — Ele não estava nem aí. Ela precisava ser repreendida. Provavelmente, estava cansada de pessoas entrando e falando com gentileza, e devaneando, e tendo pena dela. Precisava de uma mão firme. — Uma coisa muito tola e idiota.

Em uma lousa em frente à cama, em frente à placa sobre o crânio, as irmãs dela tinham escrito com canetinha: "Bom dia, Charlie! Hoje é sábado, 15 de fevereiro. Você sofreu um acidente de esqui. Estamos todas na casa do pai e vamos voltar em breve. Estamos ansiosas para te ver!". Por toda a parede, havia fotografias, pôsteres, desenhos, poemas e cartas. Havia rosas vermelhas e uma pilha de cartões de Dia dos Namorados no aquecedor.

Em uma cesta no parapeito ao lado dele, havia várias garrafas de vidro. Uma estava cheia de pequenas contas vermelhas. Ele a virou e o rótulo dizia: PIMENTA-ROSA EM GRÃOS. As outras eram líquidos: ÁGUA DO MAR, GRENADINE, VINAGRE.

— Como estamos?

Havia uma enfermeira na porta. Ele tentou pensar se precisava de alguma coisa, depois lembrou que não era o paciente.

Ela olhou a cesta no colo dele.

— Estava pensando em fazer um pouco de aromaterapia com ela?
— Não.
— Bom — disse ela, da forma como faziam as enfermeiras, completamente habituada à resistência. — A terapeuta dela não vem aos domingos, então pode ser uma boa ideia. É só tirar a tampa e deixar que ela respire algumas vezes. Cheiros são ótimos. Ativam a memória mais rápida e mais profundamente que qualquer outro tipo de estímulo aos sentidos.

Ele escolheu uma garrafa cujo rótulo tinha sido arrancado. Desrosqueou a tampa, e o cheiro de limões encheu o quarto. Ele inspirou avidamente. Era um cheiro belíssimo. Ele pensou em suas três netas no verão, colocando cadeiras de praia enferrujadas no quintal e espremendo limão nos cabelos castanhos. Depois do divórcio, elas muitas vezes dormiam lá, embora o apartamento do filho dele ficasse a apenas alguns quarteirões. Diziam que as camas eram mais confortáveis. Ele colocou a garrafa sob o nariz dela. Não houve reação.

— Você se lembra do Dennis Wight, Charlotte? Ele perguntou de você outro dia.

Uma vez, ele encontrara Dennis em uma das cadeiras de praia no meio da noite, roncando alto o bastante para derrubar um andar da casa. O menino estava querendo ver um relance de Charlie por uma abertura na cortina do quarto de hóspedes.

— Vocês ficavam tão bronzeadas. E seu cabelo ficava com mechas douradas. — Mesmo sem olhar, ele sentia a desolação de fevereiro pela janela, as poças de lama quase congeladas no estacionamento lá embaixo. — O verão é uma estação linda, Charlie.

— É mesmo.

Ele tinha se esquecido da enfermeira. Não tinha certeza do que havia dito e de em que havia acabado de pensar. Tampou os limões e pegou as pimentas. Não saiu cheiro nenhum. Ele as levou ao nariz. Ainda nada. Chacoalhou a garrafa e cheirou, e sua cabeça explodiu. Tossiu e chiou e secou os olhos com um lenço. Durante tudo isso, a enfermeira riu. Ele desejou que ela fosse para o inferno.

Estendeu a garrafa para Charlie. De novo, ela respirou de leve sem reação. Na guerra, ele vira muita morte, mas nunca em todos aqueles anos vira algo tão assustador quanto aquele rosto diante de si. Todos os músculos tinham ficado flácidos. A pele era como gelatina. O queixo dela se acumulava no pescoço; as bochechas caíam perto das orelhas. Até as narinas estavam achatadas. Fisicamente, ela perdera tudo o que outrora a definia. Ele desviou os olhos para as próprias pernas. Sua velha calça marrom se abria como uma saia; a barra arrastava no chão. Seu cinto, o couro desgastado no primeiro buraco, agora era fechado no último. Logo teria que fazer um novo furo. Os dois estavam à deriva no próprio corpo. E, sem o corpo, o que somos? Ele alguma vez acreditara de verdade em alma?

Ele sacudiu forte a garrafa, e continuou sacudindo até ouvi-la inspirar. Isso o fez espirrar quatro vezes, lembrando-lhe da luz do sol, de pólen, de livros empoeirados, mas nela não teve efeito algum.

No verão em que os pais dela se divorciaram, ela andava de cômodo em cômodo reclamando de tédio.

— Você não está entediada aí, Charlie? Não está horrivelmente entediada com esse coma?

A enfermeira foi até a cama e colocou uma mão no braço dele.

— Não faça isso.

— Não posso dizer a palavra "coma"? É um palavrão por aqui?

— Pode assustá-la.

— Bom, ela é que está me assustando. — Ele não se ouvia choramingando assim desde que era pequeno.

— Talvez seja hora de ir embora.

— Não. Para mim, não. Não é minha hora de ir embora.

Ele sentiu seu coração batendo rápido e soube que precisava se acalmar. Vasculhou na cesta e achou uma garrafa de líquido azul marcada PÓS-BARBA. Abriu e inspirou os bailes de quando era jovem: o banheiro da casa dos pais, seu irmão, Tom, monopolizando a pia, e o cheiro de sua própria colônia no cabelo de uma garota no fim da noite. Ele nunca fora religioso, mas sabia que, se algo acontecesse com Charlie, Tom estaria esperando por ela. Eles agora teriam mais ou menos a mesma idade. Tom tinha só vinte e quatro quando morreu. Parecia impossível que ele tivesse vivido sessenta e sete anos sem o irmão.

Ele fingiu outro ataque de tosse e secou os olhos. Era demais. Havia perdas desnecessárias demais. Sempre houvera. Ele segurou o pós-barba perto do nariz achatado de Charlie. Ela inspirou devagar e abriu um olho. A pupila virou para baixo e o olhou diretamente. Ele ficou perplexo demais para cumprimentá-la. Aí estava ela. Ela tinha conseguido.

— Isso acontece — disse a enfermeira. — Só esse olho. Fica virando e virando.

Obedientemente, o olho começou a percorrer todo o quarto. Quando voltou a ele, ele acenou e sorriu como se para uma câmera. Ninguém sabia, nem os especialistas com seus jargões complicados e máquinas caras, se Charlie ainda estava lá.

Ele guardou a garrafa azul e, distraído, revirou a cesta de novo. Não tinha certeza de ter vigor para mais uma e ficou aliviado quando a enfermeira sugeriu que já era o bastante por uma sessão.

— Foram cheiros bacanas, não foram, Charlie? — falou ela antes de checar os sinais vitais e sair.

A presença dela tinha sido incômoda, mas, depois que ela se foi, o quarto pareceu drenado e vago. Ele segurou a mão da neta, colocou a outra mão fechada com força no peito dela, e tentou rezar. Ele nunca aprendera a rezar. A única coisa que sabia fazer era implorar. Implorou que essa menina fosse poupada, mas, mesmo na pequena câmera de sua própria cabeça, sua voz era fraca.

Ele se recostou na cadeira. Não tinha notado o enorme relógio à sua frente. Ainda tinha mais quarenta minutos. O tráfego no corredor era contínuo. De vez em quando, uma enfermeira diminuía o passo e olhava lá dentro, já sabendo do homem muito velho visitando o quarto 511.

— Eu sou um homem arrogante — sussurrou ele. — Achei que seria mais fácil.

Era um bom quarto, maior do que qualquer um em que ele tivesse ficado aqui. Agora havia algo reconfortante em hospitais. Ele gostava do clima, das vozes no sistema de interfones, chamando nomes de estranhos, do vapor saindo do tubo de oxigênio, da luz forte do botão perto da cama, do rolar de carrinhos e cadeiras no corredor, dos cheiros limpos e estéreis. Sentia-se mais seguro ali do que em casa, onde acidentes esperavam, onde a ajuda tinha que atravessar a cidade. Ali, a morte parecia muito, muito distante.

A cadeira era confortável. Uma chuva leve começou a batucar na janela. Ele sentiu o oxigênio extra no quarto e inspirou com gratidão. O sono o dominou, grosso e lento, e, pouco antes de se entregar, ele sentiu o ritmo de sua respiração sincronizando-se à de Charlie, sincronizando-se em um lugar mais simples onde pudessem finalmente se alcançar.

MANSARDA

Frances voou para recebê-la.

— Audrey!

Todas tinham nomes assim, saídos de velhos livros de história.

— Por que não atendeu seu telefone? — disse Frances.

— Quando você ligou?

— Faz cinco minutos.

— Bom, eu estava no carro vindo para cá, né? — Audrey nunca tinha visto Frances tão descontrolada. No cascalho sem sapatos. As solas da meia-calça rasgadas, provavelmente. O cabelo em tufos na nuca. — O que foi?

— Preciso cancelar. Sinto muito.

Audrey olhou para a casa de Frances. Era nova, horrenda. Mas, pendurados nas paredes lá de dentro, havia artigos emoldurados sobre o arquiteto que a projetara. Larry, marido de Audrey, dizia que parecia que alguém tinha marretado uma casa perfeitamente boa e espalhado os pedaços.

— Alguém está doente? — perguntou Audrey.

Frances tinha quatro filhos, cada um com seu "módulo" separado como quarto. Sabe-se lá o que iam fazer quando virassem adolescentes.

— Não. — Frances estava segurando um sapato vermelho. — Meu pai apareceu.

— Seu pai?

— Eu consegui falar com Elinor, mas não consegui falar com... Ah!

Era Sue, checando o batom no retrovisor enquanto estacionava, desviando bem a tempo.

— Você quase matou a gente! — A própria Audrey sentia uma espécie de descontrole, uma histeria à qual, dessa vez, gostaria de se entregar.

Sue saiu do carro usando um terninho novo, num xadrez azul-bebê.

O terninho acalmou Audrey. Ao telefone, na semana anterior, ela tinha ajudado Sue a escolhê-lo.

— É uma graça — disse ela, segurando a manga antes de se cumprimentarem com beijinhos. — Acho que o *bridge* está cancelado, Suzie.

— Do que você está falando?

Elas nunca cancelavam o *bridge* das sextas. E só tinha terminado mais cedo uma vez, dois anos antes, na casa de Audrey, quando Larry ligara para dizer que o presidente tinha levado em tiro em Dallas.

— O *bridge* definitivamente está cancelado! Tudo está cancelado! — disse Frances. Ela estava arrancando a palmilha encardida de seu escarpim vermelho.

— O *pai* dela está aqui — explicou Audrey.

Sue olhou em volta, procurando um carro desconhecido.

— Como ele veio?

De todas as perguntas a se fazer.

— Sei lá — respondeu Frances.

— De trem? De carona? Ele trouxe bagagem?

— Sue — disse Audrey.

— Não. — Frances se virou para a casa. — Sem bagagem. Preciso entrar agora. Ele deve estar olhando. É melhor vocês irem embora.

— A gente vai ficar — falou Sue. — Não vai, Auds?

Frances tinha falado dele só uma vez, fazia três anos, na casa de Sue, quando o chá da tarde tinha virado coquetéis e a governanta de Sue tinha subido para dar banho em todas as crianças. Estavam falando do casamento dos pais, de como estavam tentando fazer as coisas diferente. Lá em cima, as crianças gritavam. Audrey estava preocupada de elas ficarem agitadas demais e baterem a cabeça na banheira. Frances contou que os pais dela eram divorciados. Audrey não conhecia ninguém com pais divorciados. Eles haviam se separado antes da Guerra, disse Frances. Em 1939, quando ela estava com três anos. Ela não tinha lembrança dos dois juntos. *Que horror*, comentara Elinor. E Frances dissera: *Não, foi melhor assim*. O pai dela era perigoso. Tinha identidades falsas. *Um espião*, falara Frances. Agente duplo. Talvez agente triplo. Audrey se perguntou se ela estava inventando. Agente triplo? Frances o escutara uma vez ao telefone quando era bem nova, disse, falando um idioma estrangeiro. Ela não sabia qual. Só que o pai tinha virado uma pessoa diferente. "Ele não tinha ideia de que eu estava na sala vendo. Todo o seu rosto mudou quando ele falou. Minha mãe só deixou minha irmã e eu o vermos de novo aos treze anos. Aí, podíamos almoçar com ele uma vez por ano em um parque em Maryland, a uma hora da nossa casa. Minha mãe fazia a comida. Sempre a mesma coisa, tomates e cream cheese com cebolinha. Nunca havia escândalo. Ele vinha por uma via e voltava pelo mesmo caminho. Ele esteve na minha festa de casamento, brevemente. Ficou no fundo. Não fez um brinde nem me tirou para dançar. Não o vi mais desde então", dissera ela.

— Papa? — falou Frances no vestíbulo, se é que dava para chamar assim. Parecia mais o saguão de entrada de um pequeno museu. A voz dela ecoou em todas as direções, ampliando o pânico.

— Aqui — veio uma voz baixa, com uma melodia de expectativa. Audrey a seguiu. As outras, até Frances, que devia saber como funcionava a acústica de sua própria casa, não tinham certeza sobre de onde tinha vindo. O saguão se abria em quatro direções, como quatro pernas de uma aranha. Audrey desceu pela perna traseira direita até uma saleta que nunca vira antes.

Frances sempre recebia as visitas em cômodos claros, a sala de estar formal, ou a sala de jantar, ou o solário atrás da cozinha, mas ele tinha montado a mesa de *bridge* ali, naquele pequeno cômodo escuro. Audrey estava consciente de agarrar com força sua bolsa, das duas contas do fecho abrindo buracos em seu dedo indicador e dedão. Ele estava contando o baralho. Olhou para cima, para baixo, e imediatamente para cima de novo. As cartas não paravam de voar rápidas em suas mãos. Ele sorriu, baixando o olhar de novo, sacudindo a cabeça.

— Você me fez perder a conta — disse ele, quase inaudível.

As outras a alcançaram.

— O que é isso tudo? — perguntou Frances, como perguntaria a um de seus filhos que fizesse bagunça.

— Que nunca digam que eu atrapalhei um jogo de *bridge*.

— Ah, papa, não.

Audrey não superava a parte do *papa*. Era de outro século ou país.

— Podemos tomar café no solário.

— Eu gostaria de jogar. Não jogo *bridge* com você desde que tinha...

— A gente nunca jogou *bridge*, papa. Nenhuma única vez. — Mas ela se sentou à esquerda dele.

O que significava que Sue precisava se sentar à frente dela, pois sempre eram parceiras. O que deixava Audrey de frente para o pai de Frances.

Ele fez uma leve mesura sombria, embora estivesse sentado.

— Papa. — Ela não conseguia parar de falar aquilo, como se tivessem lhe negado um doce e agora estivesse enfiando um monte na boca. — Estas são Audrey Pennet e Susan West.

— Ben Yardley — disse ele a Sue, e estendeu a mão.

— Prazer — falou Sue, fria. Ela gostava de tomar as dores alheias.

Ele se virou para Audrey.

— Parceira — disse. A mão dele era pequena e quente. Ela a viu juntar-se à outra para dar as cartas. Mãos pequenas e ágeis.

Audrey não tinha sorte com as cartas. Nunca as abria e via algo espetacular. Não era esse tipo de pessoa. Por sorte, Elinor, sua parceira de sempre, era. Sue também. E até Frances, de vez em quando, tinha uma onda de sorte. Audrey era a atriz de segunda do *bridge*. Tinha aprendido a jogar bem com sua mediocridade.

Ele deu uma mão extraordinária a ela.

Ela quase não conseguiu se conter. Somou rapidamente os pontos. Três ases, dois reis, uma dama, um valete. Nenhum ouro. Oito espadas. Vinte e cinco pontos. Ela manteve os olhos baixos. Mas, ah, como queria levantá-los e deixar que ele visse em seu rosto.

Ele apostou copas no leilão. Perfeito. Único naipe no qual ela não tinha um ás.

Ela apostou sem trunfo. Audrey apostou duas espadas. Frances passou, Ben passou, Sue apostou dois sem trunfo.

— Cinco espadas — disse Audrey. Torceu para que não alto demais.

— Você é louca — falou Frances. — Dobro.

Ben era o jogador morto, e ela levou a rodada com facilidade, sentindo a aprovação dele sem ter que buscá-la.

— Essa é minha garota e meia — disse ele quando ela ganhou a última vaza. Era algo que o pai dela também dizia. Garota e meia.

Eles jogaram a melhor de três. Cada mão era como o Natal. Os ases e as cartas de figuras reluziam para ela como joias.

— Por que não fazemos uma pausa para o café? — sugeriu Sue.

— E de repente mudamos as coisas quando voltarmos.

Ele abaixou as sobrancelhas como em uma conspiração.

— Elas estão tentando separar a gente, Audrey.

A cozinha estava ensolarada. Elas apertaram os olhos uma para a outra enquanto Frances se movia com agilidade.

— Eu pego as xícaras — ofereceu Audrey, abrindo o armário.

— Não, quero usar as porcelanas Spode.

— Onde estão?

— Eu pego, Audrey — disse Frances, afiada, da forma como falava com o filho de quem não gostava muito.

Sue tinha pegado o açúcar e estava enchendo a jarrinha com leite. Ben tinha vagado pelo corredor, passando pelo solário. Audrey o encontrou no fim da pata de aranha, no módulo de Cassie. Ela era a mais nova e ficava mais longe do quarto dos pais, que era depois da saleta.

— Você passou do solário — disse Audrey da porta.

— Aparentemente, eu tenho netos — falou ele, tocando um exemplar de *Madeline* na cama arrumada de Cassie.

— Tem, sim. — Ela sentiu uma onda de raiva dele. Seu próprio pai morrera um mês antes do nascimento do primeiro filho dela. Ele tinha escrito uma carta a esse neto desconhecido, em uma letra cursiva tremida de dor. Parecia-lhe agora mais pungente, a carta, do que nunca antes. Ela tinha ficado tão consumida por seu próprio luto que mal considerara o dele. *Embora eu jamais vá pôr os olhos em você*, ele havia escrito, *sempre o amarei, por todos os seus dias.* Ele havia antecipado o fim de sua própria capacidade de amar alguém. Quando você morre, pensou ela agora, não pode mais dar amor. Não pode dar amor. Ela não poderia amar seus filhos. Pareceu-lhe a pior coisa da morte, pior do que não conseguir respirar, ou rir, ou beijar. Uma espécie de sufocamento existencial, não ser mais capaz de dar seu amor aos filhos. Ela pensou em Larry. Chegaria um dia em que um deles não seria mais capaz de dar amor ao outro, em que um estaria vivo sem o amor do outro. Mas isso não parecia tão dramático.

Ben continuava mexendo no livro. Mas a estava observando.

— Papa! — O pânico tinha voltado à voz de Frances. — Aqui está você. Não olhe o quarto de Cassie. Está uma zona.

— É um quarto impecável, perfeito — disse ele, sem nem fingir desviar o olhar de Audrey.

No solário, eles tomaram café nas xícaras brancas da Spode. O sol refletia no couro cabeludo de Ben, passava pelos cabelos. Sue os conduziu a conversas tolas. Regras de admissão ao clube de praia, o novo cartão de crédito da Bonwit.

Eles voltaram e jogaram mais uma melhor de três, Frances com o pai. As cartas deles não eram boas, mas Sue os deixou vencer, apostando baixo, passando sem necessidade, cometendo erros. Sue queria que Frances tivesse a experiência de Audrey, de uma vitória com ele. Mas Frances não era a garota e meia dele. Audrey o sentia ao seu lado, sentia o calor de seu braço, embora nunca tocasse o dela, sentia os olhos dele na mão dela quando colocava uma carta, sentia que estavam se falando o tempo todo, embora mais tarde fosse se perguntar o que raios ela achava que estavam dizendo.

Ela torceu para Frances convidá-las para ficar para o almoço, como sempre. Passava da 1 hora quando a segunda melhor de três terminou, e ela estava faminta. Mas Frances não convidou. Estava levando-as para a saída. Tinha agora duas horas sozinha com o pai antes de as crianças chegarem. Eles saíram da saleta na direção da luz. Esperava-se que Audrey se despedisse, entrasse no carro e fosse embora. Era como descobrir um sol e esperarem que você fosse na direção contrária. Ela queria pelo menos ter sua própria despedida. Disse no último momento, assim que Sue saiu pela porta, que precisava usar o banheiro. Havia um logo ao lado da cozinha, mas ela foi a outro, perto do módulo de Molly. Tinha cheiro de perfume de infância, limão e lírios. Ela se demorou.

Ele ainda estava no saguão de entrada quando ela voltou, olhando um artigo na parede, "Imponência moderna", sobre a casa. Ela ouvia Frances na cozinha, lavando as xícaras à mão.

— Tchau — disse Audrey, sem convicção.

Ele a pegou pelo braço e a levou às janelas de vidro que davam para a piscina, já coberta para o inverno, onde Frances não podia vê-los da cozinha. Os lábios dele eram como as mãos, roliços e quentes, mais molhados do que ela tinha imaginado. Ele mordeu o lábio inferior dela e puxou de leve. Passou para a bochecha dela e soltou um gemido em seu ouvido. Ela o sentiu ficando duro contra seu corpo.

— Papa? — chamou Frances da cozinha.

Eles se afastaram.

— Onde você mora, é segredo? — disse ela, rápido.

Ele abriu um sorriso.

— Claro que não. Graham Street. Portland, Maine.

Frances tinha tirado o sapato de novo e dobrou no corredor sem fazer som.

— O que tem em Portland, Maine?

— Só um lugar em que eu morei uma vez. Eu ficava no segundo andar, em cima de um salão de cabeleireiro meio sujo. Era a casa de um antigo capitão do mar que tinha sido dividida em apartamentos. Não era um capitão muito rico, acho, não tinha vista do mar. Mas tinha um belo telhado de mansarda. — Ele tinha colocado as mãos nos bolsos da frente, puxando o tecido casualmente, fazendo Audrey lembrar-se de garotos da sua juventude depois de uma dança agarradinhos.

— Eu não sabia que você tinha morado no Maine — comentou Frances.

— Não?

— Não.

— Obrigada por hoje — disse Audrey, e deu um beijo na bochecha de Frances. Ela o olhou brevemente. — Prazer em conhecê-lo. — Tentou fazer soar o mais monótono e insípido possível, como se estivessem realmente se despedindo.

Não era fácil dirigir duas horas para o norte e duas horas de volta para casa enquanto os filhos estavam na escola sem ninguém notar sua ausência. Da primeira vez, Becky vomitou no intervalo e precisou ir para a casa de Elinor, porque ninguém encontrava Audrey. Ela disse que estava fazendo compras e perdeu a hora. Outra vez, Russell bateu a cabeça em uma carteira e precisou ficar na caminha da secretaria da escola por horas.

— Onde você estava? — choramingou ele por todo o caminho para casa. E aí, em dezembro, Larry veio da garagem e perguntou como diabos o Mustang novo já estava com quase quinze mil quilômetros rodados. Ela sentiu o sangue saindo do rosto, mas ele riu e disse: Você vai para Atlantic City toda vez que deixa as crianças na escola? E ela viu que Larry não estava esperando uma resposta.

Daquela primeira vez, ela nem sabia o que estava procurando. Só dirigiu para cima e para baixo da Graham Street, quatro vírgula três quilômetros, acreditando que ia simplesmente saber. Será que ele tinha dito um número ao falar Graham Street e ela esquecera? Casa de um velho capitão do mar, ele dissera. Não era rico. Sem vista do mar. Cabeleireiro no térreo.

Foi só na volta para casa que ela se lembrou do telhado. Uma espécie de telhado. Começava com M. Ela não entendia de telhados. Perguntou casualmente a Larry, uma noite voltando de um jantar, sobre os tipos de telhados existentes.

— Bom, dá para fazer um telhado de ardósia, ou telhas de asfaltos, ou azulejo... ou até de grama, como na Suécia.

— Não, *estilos* de telhados. — Os braços dela ardiam de impaciência. — Use o termo técnico. Seja técnico.

— Você precisa de mais um calmante, Auds?

— Um tipo de telhado que começa com M. — Ela estava quase chorando.

Mas ele não sabia.

Ela foi à biblioteca. Levou só cinco minutos.

Mansarda.

Não havia um único telhado de mansarda na Graham Street em Portland, Maine. Mansarda. Parecia francês. Parecia francês, como as casas em *Madeline*.

* * *

Em uma festa de Ano-Novo, Frances comentou que o pai tinha ficado com eles por alguns dias perto do Natal.

— Como aquele homem é divertido — disse Elinor. — Por que você não estava lá naquela noite? Estava viajando?

— Sim, estávamos visitando minha mãe — respondeu Audrey, baixinho para Larry não ouvir.

— Eu dei para ele o livro novo do Greene — falou Frances. — Ele ama Graham Greene.

Madeline. Mansarda. Graham Greene. Claramente, era um enigma que ela precisava resolver. Ela tentou. Naquele inverno, dirigiu para cima e para baixo da Green Street, Greenleaf Street, Greenwood Lane, Madeline Street, French Street, Queen's Court. Ela agora tinha uma babá com carta de motorista que podia pegar as crianças na escola, então não precisava se preocupar com o horário. Achou alguns telhados de mansarda, mas a maioria eram casas independentes. As duas que não eram tinham nome de mulher acima dos botões do segundo andar no interfone, e nada de cabeleireiro no térreo.

Mas ela gostava de dirigir pelos bairros ao anoitecer. Via tão vividamente naquela hora, a casa alta com o telhado francês, o salão de cabeleireiro já fechado, tudo escuro exceto pela faixa de luz no meio, o segundo andar todo aceso e brilhando, esperando pela chegada dela.

SUL

Eles estão indo para o sul e, conforme deixam o denso céu de Baltimore para trás a caminho do ar, do oceano e do sol quente, Flo e Tristan imploram que a mãe, Marie-Claude, lhes conte histórias. Flo ama as histórias de quando Marie-Claude tinha a idade dela, e Tristan quer ouvir, sem parar, como nasceu.

Como Marie-Claude não quer que os filhos falem do pai, que a abandonou no fim do primeiro semestre do ano anterior, há quase um ano, ela dá as histórias que eles pedem. Conta a Flo de Alain Delor, sua primeira paixonite, e a Tristan da feira em Paris onde a bolsa dela estourou enquanto comprava pêssegos na chuva.

Mas, quando ela começa a história sobre seu primeiro baile, Flo a interrompe.

— E os fantasmas na Áustria, mãe? Tem uma sobre fantasmas em um baile chique?

Marie-Claude sacode a cabeça, certa de que nunca contou essa história para nenhum dos filhos.

Usando o apoio de cabeça do banco da frente, Flo se projeta para mais perto do banco do motorista.

— Tem, sim. — Alguns fios de cabelo finos da mãe se emaranham nos dedos dela, grudentos de bala.

— Está doendo, Florence — diz ela. — *Dammit* — adiciona, em inglês.

— *Maman!* — fala Tristan, chocado de verdade por ouvir um palavrão americano saindo da boca da mãe.

Marie-Claude também fica surpresa, e um pouco alarmada com a onda repentina de raiva. Ela prometera a si mesma que não seria dura com Flo naquele dia.

Ela olha o enorme relógio ao lado do velocímetro: mais quatro horas. Pensa se Flo ou qualquer um dos dois devia ter ido com o pai a Nova York em vez de vir com ela a Hatteras. Ela não consegue prever seus humores nem o tamanho da casa de Bill e Karen, nem se Tristan e Flo vão gostar dos filhos de seus amigos. Queria ter dinheiro o bastante para pegar um voo com eles para casa, para Lyon, na Páscoa. Tira os olhos da estrada para os campos ao lado, um movimento tão bem-vindo quanto seria esticar as pernas. Ela queria poder continuar olhando para o lado.

Tristan diz:

— Que história de fantasmas na Áustria? Olhe para a estrada, *maman*. Que história de fantasmas? — Ela sabe que ele vai insistir, nunca esquecer, nem por um único dia das férias.

— Era em um castelo — diz Flo —, um castelo muito velho e assustador que era muito importante, tipo um rei ou conde morava lá antigamente, ou algo assim. E o papai estava lá. Acho que na época eles estavam noivos. Você estava noiva do papai naquela época? Conta, mãe, por favor.

Isso é novidade, Flo a chamando de mãe em vez de *maman*, e Marie-Claude detestou.

Ela se pergunta como Flo pode saber da Áustria. Às vezes, parece que não há nada de sua vida que os filhos não consigam desenterrar, não consigam redefinir. Antigamente, ela pensava que teria um pouco de graça e mistério em ser mãe, e que o que não fosse dito sobre suas experiências seria respeitado, e o que fosse revelado seria absorvido sem contradição, por vezes santificado. Não era assim que ela tratava o passado de seus próprios pais? Talvez seja porque se tornaram americanos, esses filhos dela.

— Contem vocês umas histórias. Estou cansada de falar.

— Não — diz Flo. — Conta a história do fantasma. Por favor, mãe, por favor. Por favor!

Tristan se junta a ela, e Marie-Claude os deixa continuar bem além do ponto em que ela supunha que eles fossem parar, até o coro deles a desestabilizar mais do que a ideia de lhes contar mais uma história.

— Tá bom — fala ela. — Tá bom. Seu pai não estava comigo — começa. — Eu nem o conhecia ainda. — Ela tenta, mas não consegue disfarçar o prazer que sente com esse fato. — Fui com minha prima Giselle. Ela tinha sido convidada pela melhor amiga do internato em Lausanne, a Sigrid. O baile era nos arredores de Linz, em um palácio que já havia pertencido a um arquiduque de Habsburgo, Franz ou Friedle, algo assim, um dos dezesseis filhos de Francisco I. Depois, o palácio foi confiscado quando a família imperial foi expulsa do país pelo novo governo. No fim, foi revendido aos avós de Sigrid. Eu não sabia muito da história. Só sabia que Giselle viajava com um bando de amigas ricas e que Sigrid não era a única que podia dar uma festa no próprio castelo. E, na época, eu era mais parecida com o seu pai. Amava casas grandes e roupas lindas.

— Ele não é assim — contraria Flo, mas, mesmo em sua irritação com uma das provocações da mãe, não consegue reunir convicção suficiente para argumentar. Ela já começou a notar como o pai parece mais satisfeito quando ela brinca na casa de Janine, que tem piscina, do que no apartamento de Bree.

Na mesma hora, Marie-Claude se arrepende da comparação, se arrepende desse humor no primeiro dia da viagem, e se apressa a continuar.

— Meu acompanhante era um dos primos de Sigrid, um menino mal-humorado que parecia querer falar só de erros estratégicos do Exército francês. O país dele foi ocupado duas vezes durante uma mesma guerra, e ele tem a cara de pau de mencionar o fracasso da Linha Maginot! Mas eu não liguei muito. Estava em um baile usando um vestido lindo e podia rir de praticamente qualquer coisa.

Flo fica maravilhada com a ideia da mãe (que seus amigos chamam de desleixada, que sempre usa o cabelo preso com o elástico marrom que vem no jornal) num vestido de festa, pacientemente agradando o acompanhante. Flo está começando a questionar essas imagens que a mãe lhes oferece de seu temperamento antes de se casar com o pai deles. Ela sempre se pinta como risonha e despreocupada, sem nunca ser puxada pela gravidade da vida até se ver casada e com filhos a criar. Mas o rosto da mãe é sério, sempre foi sério, e mesmo nas fotografias de infância mais espontâneas sua expressão lembra, como uma vez disse o pai, o retrato de um ministro descontente.

Aos poucos, a história começa a fazer Marie-Claude se sentir melhor conforme ela descreve a carruagem em que chegaram, a vista do Danúbio, os cavalos pretos no crepúsculo. Ela sente a atenção total das crianças, o hálito açucarado de Flo perto de sua orelha e o corpinho de Tristan virado de lado na direção dela, e essa plateia faz com que se sinta necessária de uma forma mais extravagante, menos básica que o comum.

Há tanto a contar: os jardins, o pátio, o corpete intrincado do vestido. Finalmente, ela escolhe as palavras certas; elas tomam a forma exata e a grandiosidade do momento que descrevem. Ela se sente forte e viva, levando as crianças para o sul por uma estrada boa.

Ela tenta não pensar além disso, em como, em algum lugar, há uma estrada de terra desconhecida que ela precisará encontrar no escuro. Vão chegar tarde e Marie-Claude, que prometeu estar lá para o jantar, será tratada como uma criança imprudente por Bill e Karen, que são uma família de verdade, incluindo bicicletas e uma babá que dorme na casa. E, não importa quantas brincadeiras os filhos inventem na água ou quanto ela se sinta relaxada quase dormindo no sol, a visão dos pés grandes e sensíveis ao inverno de Bill mancando pelo caminho pedregoso que dá na praia lembrará a todos, a cada dia, o que está faltando.

— Mãe — diz Flo. — Onde estavam os fantasmas?

— O salão de baile era enorme e estava cheio de vestidos fabulosos, e smokings, e taças de champanhe. O piso era de mármore, e lembro como meus sapatos ficavam lindos em contraste com a superfície. Vocês já viram mármore preto? É tão puro e elegante, como safiras ou o pelo de uma pantera negra.

— Foi aí que você viu eles, na pista de dança?

— Não, eu a vi no jardim. — Marie-Claude sente um rosto, uma testa atarracada, a ponta afiada de um nariz aquilino, uma boca feia, distendida, tomando forma dentro dela. — Ela era jovem, talvez da mesma idade que eu na época, mas o rosto dela estava envelhecido de tristeza. Ela tinha a postura bem ereta, mas, por dentro, estava dobrada pelo luto.

— Como você sabia que ela era um fantasma?

— Quando você vê um fantasma, você sabe. Você sente.

— Ela era transparente? Você falou com ela?

— Ela era diferente. Algo nos movimentos. E era muito triste na forma como caminhava pelo jardim, tocando pétalas e galhos, como se fosse capaz de despejar um pouco de sua tristeza neles. Talvez fosse o formato de sua boca. Não sei. É difícil descrever como eu sabia.

Flo empurra com força o apoio de cabeça da mãe e se joga em seu banco. Tira uma bala azedinha do celofane e, depois de enfiar na boca, suspira alto.

Um cheiro doce de limão artificial rapidamente chega até a frente.

— Eu perdi sua atenção? — pergunta Marie-Claude, achando a bochecha inflada da filha no retrovisor.

— Não acontece nada nessa história.

Marie-Claude teve um impulso horrível (por eles serem tão grossos, exigindo a história que ela não queria contar, depois a desprezando, Flo tão impaciente, Tristan já dormindo) de lembrá-los da tristeza. Seria fácil. Ela espera o ressentimento abrandar antes de seguir:

— Ela não era transparente, mas a pele dela era peculiar. Com certeza foi por isso que eu soube que ela não era humana.

— Como assim, peculiar?

— Era quase como pátina, aquela cor esverdeada que aparece em alguns metais, sabe, o jeito como aquela pulseira do seu pai, aquela que ele usa para a artrite imaginária, fica quando ele se esquece de obrigar alguém a polir. A pele dela, de perto, era assim.

— Em vez da mulher, Marie-Claude vê o punho do pai, sua pele sem pelos sob a pulseira, a veia inchada que vai da mão dele ao cotovelo. Ela ainda o ama. Se ele não voltar, ela nunca mais vai sentir o que sentia tocando aquele braço.

— Eu gosto de polir. Ele não me obriga.

— Ah, Flo, você não lembra. Você odiava. O verniz fazia seus olhos arderem. Enfim, a pele dela era assim.

Ao lado dela, a cabeça de Tristan, que estava caindo e dando solavancos para trás, caindo e dando solavancos para trás, finalmente desliza até o apoio de braço na porta. Ela checa a trava e sente, por um momento, o mesmo que ele: a deliciosa entrega ao sono no banco do passageiro de um carro.

— Eu não odiava. E continuo polindo, aliás.

Flo pensa na chance que teve de ir com o pai e a namorada dele, Abigail, para Manhattan, em vez estar ali. Ela precisou escolher entre o mar ou os museus, uma casa grande com outras crianças ou quartos de hotel contíguos (trancados da hora de dormir até de manhã). Tudo isso agora parece insignificante. Como sempre quando ausente, seu pai tornou-se ameno e calmante. Ela podia ligar para ele e pegar um ônibus de volta a Washington, D.C. Ele só ia sair no dia seguinte de manhã. Quanto será que custava uma viagem de ônibus?

— Eu falei com ela. — Marie-Claude se vira para ver se Flo vai ouvir. Flo não levanta os olhos do que está fazendo: jogando moedas americanas frágeis de uma mão para outra, depois de volta à bolsinha. — Perguntei se ela estava curtindo o baile. — Marie-Claude ri. — Eu não sabia o que mais perguntar!

— Você falou francês ou alemão?

— Alemão, acho. Mas ela não respondeu com uma voz. Foi mais como telepatia. Mas ela não queria conversar. Passou direto por mim, voltando a sua rota de sempre ao redor do roseiral.

— Não é a mesma história.

— Eu nunca lhe contei essa história antes, então, não sei o que você estava esperando.

Quando ela contou ao marido, havia dois fantasmas. Ela queria que ele visse o que eles haviam se tornado. Ela descreveu tudo com cuidado, os movimentos, os dedos, a forma da boca. *Não podemos nos transformar neles, Robert, ainda não.* Mas ele não entendeu. Tinha parado de querer entendê-la.

— Mãe, você está mentindo. Você sempre faz isso.

— Como assim, sempre faço isso?

— Muda as coisas. Mente sobre a verdade.

— Não estou mentindo, Florence. — E Marie-Claude vê com mais clareza as roseiras prontas para florescer, a pequena fonte, mais roseiras e a mulher passeando por ali. — Eu nunca menti para você. — A cada volta pela borda externa, a mulher levanta a saia para não prender em um espinho. — Não sou eu a mentirosa desta família.

— É, sim. Você mente o tempo todo.

— Flo, não minto, não. — Ela sabe que pode procurar consolo em Tristan, que, ainda dormindo, segura uma revista em quadrinhos e os óculos escuros dela no colo. — Fale uma mentira que eu contei a você.

— Você disse que a gente podia levar Belle junto. Você prometeu.

— Achei que Bill e Karen fossem levar os cachorros, mas eles não levaram, então não dava para eu pedir para levarmos a nossa. Somos convidados. Não seria certo.

— Mas você mentiu. Disse uma coisa e fez outra.

— Flo, estava totalmente fora do meu controle. Não foi uma mentira.

— Tá bom, tem uma melhor. — E é algo que ela anda querendo mencionar já há algum tempo. — Você falou que você e papai se separaram de repente, que estavam apaixonados todos aqueles anos em que eu era pequena. Você sempre falou isso para a gente, mãe, que a gente tinha nascido do amor.

— Isso é verdade. É absolutamente verdade. A gente se amava muito, muito.

Não houve dia mais feliz na vida dela do que o do nascimento de Tristan. Estavam morando em Paris na época. Aquela manhã na feira ainda é muito vívida: as barracas molhadas, o saco de pêssegos, o rosto jovem do vendedor, o rastro de espinhas no pescoço dele. Ela estava estendendo a mão por cima das cerejas para apertar um abacate quando sentiu o calor pelas pernas, quando finalmente distinguiu entre sua própria água e a chuva. E, à tarde, Robert levou Flo ao hospital. Eles subiram na cama com ela e Tristan e fingiram que não entendiam francês quando tomaram bronca da enfermeira. Aquele dia foi só o ápice da felicidade que estava se acumulando nela desde o momento em que conheceu Robert, mas, depois, houve apenas uma felicidade mais lânguida e serena. Eles faziam piada disso, de como tanta felicidade era deprimente.

— Todos aqueles anos, Flo, até o ano passado, nós fomos felizes. Vocês nasceram e foram criados em meio a uma quantidade gigantesca de amor.

— E, aí, aconteceu alguma coisa, do nada?

— Não sei. — Marie-Claude não suporta parecer uma vítima desavisada, revelar como de fato ainda está atordoada. Mas a filha quer a verdade. — Eu simplesmente não sei. O que quer que tenha acontecido não aconteceu comigo. — Ela olha Flo no retrovisor e diz suavemente, sem arestas: — Talvez o papai possa explicar melhor.

— Ele diz que aconteceu devagar. Que não foi um grande trovão, como você sempre fala, mas uma onda que vai crescendo e crescendo até quebrar.

Marie-Claude sabe que Flo não está inventando essas palavras para magoá-la; reconhece as metáforas do marido, roubadas de um mundo inteiramente alheio a ele.

— Ele disse que era infeliz desde antes de Tristan. Que não sabia nada do amor verdadeiro até conhecer Abigail. Ele diz que sempre sabe quando as testemunhas estão mentindo porque o lembram dele mesmo quando era...

— Flo, por favor. Pare, por favor.

Marie-Claude desacelera até o limite de velocidade. Seus olhos estavam na estrada, mas ela não estava prestando atenção. Todas as janelas do carro estão abertas, até a dela, que ela não se lembra de ter aberto. O ar quente, bem mais quente do que há uma hora, sopra lá dentro, e ela se inclina para deixar o vento desgrudar a camiseta de suas costas. O volante parece solto em suas mãos, desconectado do ato de guiar o carro. E a estrada, mesmo a noventa por hora, desaparece rápido atrás deles.

Ela pensa no que pode lembrar à filha. Podia contar a história do último aniversário de Flo em setembro, que caiu em um fim de semana que ela foi sozinha para a casa do pai, sem Tristan. No início, Flo achou que ele estava brincando ao não cantar parabéns no café da manhã nem aludir a um presente escondido em algum lugar – atrás de uma cortina ou no freezer – e como, a caminho de pegar a correspondência do sábado no escritório dele, ela esperou uma festa-surpresa; no almoço, ela esperou um bolo. Quando ele a devolveu no domingo, Marie-Claude decifrou a história toda na alergia em relevo no pescoço de Flo.

Quando se sente um pouco mais no controle do carro, Marie-Claude se vira para olhar as lojas de liquidação ao lado da rodovia. Queria estar dirigindo pela França, passando por vacas espalhadas em um morro. Na França, eles talvez deparassem com algo extraordinário, como um celeiro pegando fogo ou uma ovelha parindo. Flo talvez visse primeiro e, antes mesmo de ela poder pedir, Marie-Claude ia parar o carro. Elas sairiam sem fazer barulho para não perturbar Tristan e testemunhariam juntas o colapso quente de um prédio ou o igualmente avassalador espetáculo de uma nova vida caindo na grama. Talvez apertassem os dedos uma da outra, cheias de expectativa. Mas os celeiros na França, lembra ela, são feitos de pedra.

Pelo pedaço do rosto da mãe que consegue ver no espelho, Flo sabe que ela está brava. Decide que vai pedir para Marie-Claude deixá-la em uma rodoviária antes de ir para a casa. Deve haver alguns ônibus indo para o norte a cada poucas horas. O pai dela vai ficar exultante, ainda mais contente do que se ela tivesse decidido desde o começo ir para Nova York.

A mãe não está mais olhando para trás; Flo a pegou contando mentiras demais. Mas não terminou. Antes de ir e pegar um ônibus em que a mãe vai ficar mais do que contente de colocá-la, ela quer pegar mais uma mentira.

— Você ama Tristan mais do que eu — diz. — Eu sei que sim.

É uma acusação que Marie-Claude teme desde que Tristan nasceu. Até agora, nunca soube o que ia dizer. Hoje, a resposta sai sem dificuldade:

— Ele facilita para mim, Flo. Ele é mais fácil de amar.

Ela espera uma resposta, uma oportunidade de pedir desculpas ou qualificar, mas só ouve, após um longo silêncio, o farfalhar de mais uma embalagem de bala. Deixa sua afirmação pairar entre elas, endurecendo-se em um fato. Aquilo lhe dá força, uma sensação de absoluta liberdade. Parecem as primeiras palavras sinceras que ela já disse.

Mais de uma hora depois, ainda no banco de trás, pernas jogadas por cima da grande bolsa de lona que ela já ensaiou levantar duas vezes para garantir que consegue carregar até o ônibus, Flo lembra quando ouviu a história do fantasma. Foi a primeira noite que passou no apartamento do pai depois da separação. Toda a vida dela agora está dividida entre o que veio antes e o que veio depois da separação. Foi logo depois, naquelas primeiras poucas semanas cujos detalhes são impossíveis de lembrar. Mas ela tem um flash, nesse carro quente indo para o sul, de chorar em uma cama novinha, implorar ao pai por uma história para pegar no sono. Ele não sabia contar história, insistiu, mas Flo não acreditava. *Qualquer um pode contar uma história*, gritou para ele. *Qualquer um*. Finalmente, ele se sentou na cama e contou como, quando eram muito jovens, ele e Marie-Claude (e Flo se lembra disso também, de como ele disse Marie-Claude e não *maman*, como antes, como se a mãe dela fosse agora uma irmã ou alguma amiga da família) tinham sido convidados a um castelo na Áustria. Na versão que contou, ele viu os fantasmas. E Marie-Claude não acreditou. Ninguém acreditou, contou ele a Flo. Acharam que ele estava doido. Mas, conforme a noite seguia, ele ficou amigo desses fantasmas e, embora não soubesse dizer a Flo exatamente como, fez com que eles voltassem em segurança ao seu outro mundo. Ao lembrar-se desse final, Flo ri alto.

— Olha — ela ouve a mãe dizer baixinho para si mesma.

De repente, o mar está ao lado delas. Elas chegaram ao começo do cabo mais cedo do que o esperado, antes do jantar, antes do pôr do sol. As ondas quebram, depois se espalham pela areia, soltando um cheiro acre que rapidamente enche o carro. Aves marinhas gorduchas estão paradas em um pé só no verniz reluzente que as ondas deixam. Flo esqueceu-se de mencionar a rodoviária.

Marie-Claude sente Tristan se mexer no banco de trás.

— Olha — sussurra outra vez, e ele abre os olhos para a ampla superfície azul ao lado do carro, vira-se para ela e pede que conte, só mais uma vez, a história de como ele nasceu.

O
HOMEM
NA
PORTA

Já havia dois no porão, inacabados, as páginas escondidas em um armário atrás das latas de tinta e verniz. Essa era sua terceira tentativa.

No outono ela estava compulsiva, enchendo dois cadernos nos dias da semana durante a soneca matinal do bebê enquanto o marido e os dois filhos mais velhos estavam distribuídos em suas próprias escrivaninhas, a quilômetros dali. Mas, agora que era inverno, um torpor familiar se instalara. Por semanas, ela não havia escrito nada, embora não conseguisse quebrar o horrendo vício de ficar sentada esperando.

Naquela manhã, porém, sem alerta, uma frase nasceu, uma corrente de palavras estranha e inesperada encontrando a superfície em um arco longo e belo. Enquanto corria para anotar, ela sentiu a pressão de novas palavras, duas frases diferentes disputando um lugar ao lado da primeira, e aí mais ideias se desmembrando de cada uma dessas, e onde havia, já há tanto tempo, um vácuo árido, surgiu um solo verde fértil, e qualquer caminho que ela escolhesse seria o certo. As palavras a tomaram, e sua mão doía tentando alcançá-las, e acima de tudo isso sua mente estava cantando *aqui está*, *aqui está*, e ela estava sorrindo. O bebê berrou na babá eletrônica.

Ela só tinha conseguido escrever três frases.

Ele não era o tipo de bebê bonzinho que chorava e depois, sentindo que ninguém viria correndo, virava de lado e voltava a dormir. O choro rapidamente virava um crescente de ira e reprovação que acabava com qualquer esperança de outra frase. Ela subiu as escadas pisando duro até a porta dele.

— Que bebê tira uma soneca de seis minutos e meio?

Ele se levantou, apoiando-se na grade revestida do berço, e pressionou os dentes contra ela, começando a se balançar encantadoramente, o tempo todo sorrindo para o decote em V do roupão dela.

— Você não entende? Preciso que você durma.

Ele choramingou com os sons feios que ela estava fazendo. A única escolha dela era amamentá-lo até ele pegar no sono de novo, enquanto trabalhava. Ela o tirou do berço, apertando-o com força nas axilas. Ele analisou, inquieto, o rosto dela.

Ela o carregou até sua parte favorita da mesa da cozinha, o colocou no peito e releu as três frases. Como tinham se achatado rápido, perdido a música. Por aquelas poucas palavras ela tinha sido grossa com o filho? Seus olhos passaram de novo pela página. Péssimo. Ela queria enfiar o lápis na pele. O bebê sugava, os olhos fechados a cada longa sugada e abertos para engolir, o tempo todo sem realmente ver nada. Os puxões fortes no seio a devolveram a um eu mais familiar. Ela pressionou os lábios na penugem do contorno dos cabelos dele e deu uma mordidinha. Esses momentos animais da maternidade obliteravam brevemente todo o resto.

Por fim, ele dormiu, o mamilo dela pendendo de seus lábios como um charuto. Ela leu suas palavras mais várias vezes, tentando não as condenar, esforçando-se para pegar o mais leve eco do que achou ter ouvido antes. Assim que levantou o lápis, a campainha tocou. Ela olhou rápido naquela direção, através das paredes, e sacudiu a cabeça. Tocaram de novo. A ameaça de perder mais daquele tempo precioso forçou outra frase a sair de dentro dela. Aí, a campainha ficou apertada por tanto tempo que as badaladas tocaram notas que ela não reconhecia.

— Eu não vou — disse ela, baixinho.

Começaram batidas fortes na janela lateral fina, cada vez mais fortes, até ela ter certeza de que uma mão ia estilhaçar o vidro antes de ela conseguir chegar à porta. Ela a abriu de uma vez.

— Já chega! — falou, num sussurro duro. Não ia acordar o bebê por causa desse homem na varanda, um homem que não hesitava em bater no vidro como se fosse de aço maciço. Os nós dos dedos do homem, viu ela, estavam vermelhos ao entrar no bolso dele. — O que você está vendendo?

Em geral, ela teria se importado – com seu tom, seu roupão, o grande bulbo do seio e a auréola marrom-escura ainda fragilmente ligada à boca do bebê –, mas sua raiva consumia todas as preocupações mais fracas.

Ele mostrou um livro fino em capa comum.

— Não, obrigada — disse ela, agora mais civilizadamente, compreendendo que a batida fazia parte de um fervor religioso, uma sensação, talvez correta, de que aquela casa ou metade de uma casa (os vizinhos sem filhos raramente estavam, nunca compartilhavam do fardo dos mascates durante o dia) precisava de conversão.

— Eu vim da Smything and Sons — anunciou o homem.

— Quem?

— A editora. — Ele sacudiu o livro para ela. — Eles me deram isto e eu vim explicá-lo para você.

Ela colocou o bebê mais para cima, querendo se cobrir um pouco mais.

— Por quê? — Ela leu as palavras maiores na capa. Era o título provisório de seu romance, aquele que estava nos cadernos da mesa da cozinha. Ela segurou o livro entre o dedão e os outros dedos, mas não conseguiu tirá-lo da mão do homem. — Me dá isto. — Aí, ela soltou. O som de sua própria voz a assustava. Era a voz dela quando criança. Ela sentia até a leve resistência das palavras na boca, como se a linguagem ainda fosse algo meio novo. — Por favor — adicionou.

— É isso que eu vim fazer. Posso entrar?

Ela olhou o rosto dele pela primeira vez. Era um estranho familiar, alguém que você não conhece, mas poderia, talvez deveria. Havia algo de Bing Crosby na boca em formato de coração, algo de Walt Whitman (quando era jovem e mantinha a barba aparada). Havia até um pouco de Gerald Ford em algum lugar, talvez só porque recentemente ela lera um artigo sobre sua integridade e decência secretas. Estava claro que a única forma de descobrir como poderia haver outro romance com o mesmo título, apesar das buscas que ela fizera para garantir que não houvesse, era deixar o homem entrar.

Tantas vezes, ao tomar uma decisão dúbia como aquela, ela em seguida fazia algo extravagante, como se para esfregar no próprio discernimento. Ela o levou para a pequena sala de estar e perguntou:

— Quer beber alguma coisa?

— Aceito um martíni de gim, se você tiver. — Ele deu um rápido puxão na calça antes de dobrar as pernas para se sentar no meio do sofá. Uma fralda apareceu sob sua coxa esquerda, embora ele não tenha notado. Ele equilibrou o livro em seus joelhos cobertos de flanela cinza. Ela sorriu, esperando que ele admitisse a piada. Um drinque às nove e meia da manhã.

Ele sorriu de volta.

— Com gelo.

— Tenho café, água tônica, suco de laranja e água da torneira.

— Oi?

— O que você quer de verdade? — A raiva tinha voltado. O bebê estava dormindo, e o tempo de escrita ia minguando. Por que ela o deixara entrar?

— Aqui, eu te ajudo com o martíni. — Ele apoiou o livro no assento da cadeirinha de bebê na mesa de centro.

Ela entrou na cozinha atrás dele.

— Desculpa, mas não é uma possibilidade. Não temos nada de...

Ele abriu a porta da despensa e lá, em vez das prateleiras bambas de compensado que o marido dela tinha pregado, em vez das caixas finas de arroz e cuscuz, em vez do mix de cereais integrais do bebê e dos potes de batata-doce, em vez de massa e feijões e latas de sopa, e da preciosa garrafa de tomates secos da Ligúria que comprara como um luxo mas nunca queria usar, havia um balcão longo de vidro com duas coqueteleiras cromadas, um coador, um pote de cebolas em conserva, um pote de azeitonas recheadas com pimenta-cereja, uma caixa de palitos de dente, cinco palitos mexedores de vidro e o balde de gelo com uma pinha de prata na tampa. Ela não precisou olhar mais longe para saber que, atrás das portas brancas do armário, havia garrafas de vodca, gim, uísque e vermute nem que, em cima, com a abertura para baixo e sobre um forro de papel-toalha, estavam os copos de cerveja da Turma de 1962 do pai dela, o touro musculoso desbotando com todas as passagens pela máquina de lavar na infância dela.

— Que bom que você tem Beefeater — disse o homem por cima do ombro. — Não precisa de nada mais fino do que isso.

Ela observou a segurança das mãos dele, o amor que colocava na preparação. Ela havia esquecido, esquecido fazia muito tempo, o ritual todo. Tivera o cuidado de se casar com um homem que, como ela, não bebia uma gota.

Ele fez seu martíni. Ela nunca notara, quando criança, a ternura entre um bebedor e sua bebida. Ele não pegava a garrafa pelo pescoço como ela lembrava, mas a levantava com duas mãos gentis, uma na base e uma no bojo. As mãos dele iam delicadamente do gelo para a taça, da garrafa para a taça, cada gesto era um sinal de amor. O resultado fazia o drinque parecer brilhar com mil reflexos e fagulhas de gratidão enquanto ele o carregava, perto do peito, de volta para seu lugar em cima da fralda no sofá. Ela se sentou na poltrona em frente. Só percebeu até soltar o peso nos braços do móvel o quanto o bebê tinha forçado seus braços e seu pescoço. Com a mão livre, ela pegou o livro, dizendo, apenas depois de o ter segurado firme:

— Posso ver agora?

— Claro. É seu livro.

— Não é meu. — Ela riu. — O meu não está finalizado. Alguém foi mais rápido que eu.

Mas lá estava o nome dela abaixo do título, numa fonte meio floreada de que ela não gostou. As palavras PROVA ANTECIPADA cruzavam diagonalmente o canto superior esquerdo. Será que era primeiro de abril? Ela estava consciente de quanto sua mente estafada demorou para achar o mês. Janeiro. Mesmo que fosse Dia da Mentira, aquilo não estava no âmbito do senso de humor de ninguém que ela conhecia. E ninguém sabia desse romance.

Ela abriu o livro. Na página esquerda, oposta à folha de rosto, que declarava novamente que aquilo era dela, estava a data do copyright. Ela arfou.

— O que foi? — perguntou o homem entre dois goles amorosos, de olhos fechados. — Mais dois anos?

Ele absorveu a *gestalt* da vida dela – o roupão, o seio, os itens de plástico em cores primárias no chão, os livros de papel-cartão com cantos mordidos, o buquê de balões murchos pairando no canto da sala – e deu de ombros.

Ela virou a página. Era dedicado à mãe dela. Justo a ela.

— Acabou a gracinha agora, moço.

Era uma escolha de palavras estranha para ela, que a lembrou de caminhar com a mãe por um estacionamento, embora não soubesse dizer porquê.

— Acho que vocês se reconciliaram.

— Sem chance. Ela está morta.

— Mas não fora de alcance para o perdão.

Ela fechou o livro com força, embora sua frágil capa provisória não tenha dado o efeito que ela queria.

— Quem te mandou? Do que se trata isto? — Ela se perguntou se ele era, afinal, um fanático religioso, um daqueles mórmons querendo fazer feitiçaria em todos os ancestrais dela.

— Como expliquei, se você tiver tempo, eu gostaria de discutir sua obra.

— Por que deveria discutir minha obra com você? Você nunca leu. Ninguém nunca leu.

— Ninguém? — perguntou ele em tom de médico, condescendendo ao delírio dela.

— Não. Eu deixei trancado. — Ela havia lido uma parte de seu primeiro romance ao marido logo depois de se conhecerem, na época em que podia ler caixas de cereal e ele acharia que ela era um gênio. Depois de todos os elogios, ela não conseguira mais escrever uma palavra do livro. Tomou cuidado de não ler nada do segundo, mas ele tinha roubado relances e, por fim, vazou uma escolha de palavras, algo sobre ninhos de neve nas árvores. Tentou aplacá-la com elogios, ameaçou publicar ele mesmo os dois livros se ela não tentasse, mas ela os escondeu no porão, comprou uma caixa com chave e nunca contou a ele que havia começado um terceiro.

— Teria sido uma perda de tempo eu vir aqui sem ter lido seu livro.

— Este livro não é meu! — Ah, por que ela tinha gritado?

O bebê acordou com um solavanco, deu um olhar irritado a ela e começou a gritar. A manhã, ou o que sobrara dela, estava oficialmente arruinada.

— Escute — disse ela acima do barulho, folheando loucamente até o primeiro capítulo. Ela leu a primeira frase em voz alta. Tinha abordado essa frase com tanta resistência em ser sua proprietária que a resistência momentaneamente superou o fato de suas próprias palavras estarem na página. Aí, a rebeldia ruiu. O bebê estava guinchando e seu livro, escrito pela metade, trancado em uma caixa por vários anos, estava diagramado diante dela.

Ela sentiu as lágrimas do bebê rolando por sua barriga por dentro do roupão. Levantou-se e o balançou apoiado no quadril até o choro serenar e virar um zunido baixo, quase satisfeito. O homem continuou sentado pacientemente, empertigado, no sofá dela.

— Está bem — disse ela. — Do que você quer falar?

— Tenho algumas sugestões, bem pequenas, na verdade. — Ele levantou a taça vazia. — Posso pedir mais um antes de começarmos?

Ela pensou em obrigá-lo a fazer ele mesmo outra vez, aí decidiu que ia diluir um pouco com água, como fazia com as bebidas dos pais antes de eles perceberem. O bebê, tendo espiado algo interessante enquanto era carregado pela sala, lançou-se ao chão, contorcendo o torso para se soltar dos braços dela. Da cozinha, ela viu que ele havia engatinhado até o sofá, se levantado usando a borda do assento e estava andando de lado na direção do homem e da esferográfica vermelha que ele havia tirado do bolso da camisa.

As mãos dela entre os ingredientes do martíni não estavam seguras nem amorosas. Não eram nem estáveis, como ela meio que esperava, as mãos que ela outrora apoiara naquele bar, inocentes e investigadoras. Seus dois dedos já não cabiam com facilidade no pote de cebola, e a coqueteleira, também pequena, parecia bem mais ameaçadora. Ela se sentia como uma ateia voltando ao altar da infância. Essas eram as ferramentas, o cálice, a galheta e o píxide, os objetos feios e importantes que, anos atrás, exerciam uma espécie de magia negra.

Ela sentiu um peso nos braços e pernas, e se virou para mandá-lo embora. Não queria saber como o bar tinha chegado lá nem o livro com seu nome e suas palavras. A única coisa que queria era voltar à página na mesa. Mas para quê, se, de algum jeito, já estava finalizado? Ela tinha tanta dificuldade com os finais. Precisava pegar aquele livro. Forçou-se a passar pelas etapas do martíni, adicionando alguns sorvos da torneira antes de chacoalhar, e voltou.

O homem continuava exatamente como o deixara, embora o cabelo (será que ele tinha tirado um chapéu?) tivesse mudado. Agora parecia ser sua característica mais marcante (onde estava Bing? onde estava o coitado, decente Gerald Ford?), uma cobertura grisalha e grossa tosquiada em forma de quadrado com as laterais bem curtinhas e a parte de cima levemente mais longa, lisa como ferro. Ela ficou tão impressionada com a mudança ou com sua incapacidade de observação que esqueceu, até depois de entregar a bebida a ele, o bebê.

Ele havia desaparecido.

— Você viu aonde foi Matty?

— Oi? — Ele levantou os olhos das anotações, anotações à caneta vermelha nas margens do livro dela.

— Meu filho. Ele estava bem aqui.

Ele a olhou sem expressão, como se ela houvesse deixado de falar o idioma dele.

— Aonde ele foi? — repetiu ela, fingindo calma, escondendo a suspeita por um momento. Era simples assim, uma barganha faustiana, o livro pelo bebê? A porta da escada estava fechada, e ele não tinha engatinhado para a cozinha – ou tinha? Ela voltou correndo, abaixou a cabeça para olhar embaixo da mesa e pela porta da despensa. Voltou para acusar. O que diabos você fez com o meu filho? Ela abriu a boca, depois o viu, na quarta prateleira da estante de livros, com o rosto voltado para a frente, pés balançando entre Hardy e Hazzard. Ela mergulhou para Matty e o pegou em segurança. Nada, claro, naquela manhã era tão estranho e impossível quanto o fato de que seu bebê, seu bebê que se contorcia, inquieto, que quase não dormia e não parava, estava sentado em uma prateleira havia mais de um minuto enquanto ela procurava por ele. Naquele momento, o homem tinha virado seu martíni. De novo, ela abriu a boca para repreendê-lo – você o colocou na prateleira, ele podia ter caído, podia ter batido a cabeça na quina dessa mesa! –, mas, ao ouvi-la inspirar, ele levantou os olhos, sorriu o sorriso ausente de um homem absorto e deu um tapinha na almofada ao seu lado.

— Vem, vamos falar sobre isso — disse.

A voz dele era gentil, prometendo grande sabedoria e, quem sabe, alguma repreensão necessária, com amor. Ela foi até ele com uma obediência repentina. Quando mudou o peso do corpo na direção dela, as roupas dele soltaram os aromas que ela sentira a vida inteira: bala azedinha de maçã, tinta molhada de mimeógrafo, brochuras usadas, sêmen, lenços de bebê. O odor a nauseou. Ele segurou o livro, mas virado para o outro lado, para ela não ver o que ele tinha escrito. Pigarreou e leu a primeira frase. Aí, olhou-a com pena e passou uma linha por todo o primeiro parágrafo.

— Agora entra o pai. Agora fica interessante. Ele é a ação. Ela é a reação. A ação é infinitamente mais interessante. — Quando ela não concordou de imediato, ele falou: — Você preferiria que *David Copperfield* fosse contado por Agnes?

— Você teria preferido que *Moby Dick* fosse contado pela baleia?

A boca dele lutou com sua impaciência.

— Isso cai em uma categoria diferente de conflito. Quando é homem *versus* natureza, o homem é a ação contra uma força. A força por si só não é interessante.

Ela buscou um exemplo melhor freneticamente.

— *O grande Gatsby*.

— Ah, Scott. Ele mal sabia amarrar os sapatos de manhã, quanto mais escrever um romance. Max escreveu aquilo. Ele escreveu todos aqueles livros. Mas não vamos tergiversar. Este livro é sobre o pai. Ninguém hoje em dia vai dizer isso abertamente, mas o melhor das mulheres é quando escrevem sobre os homens: os maridos, os pais, os amores perdidos. É quando começam a escrever sobre si mesmas que ficam impossíveis de ler. — Ele seguiu riscando mais várias páginas, balançando a cabeça. — Você simplesmente não vai conseguir mencionar um livro, um grande livro, um livro duradouro escrito por uma mulher *sobre* uma mulher.

— *Mrs. Dalloway*.

— Ah, vá, ela é a lente, não o objeto. Ela própria é a personagem menos material do livro. Aquele livro é sobre o rescaldo da guerra. É sobre a rigidez, ou seja, Richard Dalloway, o medo, ou seja, Peter Walsh, e a insanidade, ou seja, Septimus Smith, é claro, sobre a guerra.

Não havia como discutir com esse homem. Ele podia pegar um dos livros mais estimados dela, um livro que ela sempre sentiu que capturava sua própria relação frágil com o passado, um livro com seu momento favorito – Clarissa e Sally, e o beijo delas ao lado da urna de pedra – e alegar que era sobre a guerra. Ainda assim, havia Jane Austen, não é?

Ele levantou uma mão.

— E nem me fale daquelas outras inglesas. Todos aqueles livros são contos de fadas escritos por solteironas com cara de galgo que nunca foram tiradas para dançar, quanto mais pedidas em casamento.

O livro dela. Ela precisava mantê-lo focado no livro.

— Então, você acha que devia ser contato estritamente do ponto de vista do pai?

— Não, não. Você me entendeu completamente mal. Mantenha a garota, mas treine o olhar dela para o pai e não deixe que caia naquelas lamúrias que tem por todos os seus sentimentos. Pense — Ele apertou os olhos, a mandíbula e os punhos, depois soltou — em *Huckleberry Finn*. E com certeza não queremos segui-la até a vida adulta.

— Por que não?

— Sabemos aonde ela está indo. Não precisamos ler. Ela se casa, tem filhos e eles a enchem de amor e raiva. O que tem de novo ou surpreendente nisso?

Ele tinha mudado de novo, feito uma transição suave de militar para afeminado, as pernas agora cruzadas apertadas, os lábios num beicinho perturbado. A atitude dele a lembrava de seu namorado da faculdade, que visitara no verão passado com o novo marido dele e se sentara nesse mesmo sofá por várias horas, observando com esses mesmos lábios enquanto ela lutava para satisfazer as necessidades e os caprichos dos três filhos, testemunhando, no jantar, uma briga dela com o marido por causa de um canudo da Hello Kitty que sumira. A visita havia desvelado o mistério da ambivalência devastadora daquele homem anos atrás, mas ela podia ter passado sem o alívio dele de "me safei por pouco" ao se despedir com um abraço.

 Matty, lutando para sair do colo, arranhou o pescoço dela com uma unha não cortada, e ela reagiu com um grito alto, mais alto do que a dor merecia. Ela o pôs no chão e apontou na direção dos brinquedos, depois voltou sua atenção ao visitante, embora não soubesse mais o que queria dele.

 — Vou pegar mais um. — O gelo, ainda fresco e grande, tilintava no ritmo dos passos dele. Eram só dez e quinze da manhã, mas ela foi tomada por uma sensação dos fins de tarde de sua infância, sentada à mesa com um livro de soletrar (o poema que ela escrevera na sala de estudos guardado em segurança lá dentro) enquanto a mãe dispunha tirinhas de peixe em uma assadeira e o pai carregava a taça dos dois de volta ao bar. Era um momento perigoso do dia por causa do que prometia. O pai estava cantando uma música sobre o cabelo da mãe, que tinha sido todo inflado naquele dia no cabeleireiro. *É algodão doce? É marshmallow? Se você tentar morder, não vai mais ficar tão belo!* A mãe dela ria. Se tivessem dado jantar para ela mais cedo, ela podia sair do cômodo agora, levar embora aquela cançoneta feliz, mantê-la separada de outras palavras deles que iam se alojar dentro dela. Mas a mãe colocou o *timer* para dezessete minutos. O pai abriu uma lata de ração de cachorro. Aí, fez uma piada sobre a bolsa dela, que vivia no caminho, vivia em cima da única coisa que ele estava procurando. *Como um pombo cagando*, disse ele, arrancando o jornal de debaixo da bolsa. Eles mantinham as bebidas por perto. A mãe deslizou um prato à sua frente, aí obrigou o pai a se levantar da cadeira vermelha ao lado da geladeira para se sentar com elas. Ele puxou o livro de soletrar para si e abriu na seção mais difícil, no fim.

Está bem, Sylvia. Capcioso.

A mãe dela estava relutante de jogar; sempre era a primeira a azedar.

Você nem perguntou para a sua filha do dia dela.

Vai, tenta.

Está bem, disse a mãe, com uma inspiração profunda e cansada, c-a-p-i...

Errado! Havia alegria demais na voz dele. Ele apontou para a rua. *Precisa voltar para o supletivo Cranford!* As janelas enegreceram e pareceu que a casa estava sendo enterrada viva. O pai dela trouxe mais duas bebidas para a mesa. Ficavam sempre tão animados com uma nova bebida, mas a única coisa que o álcool parecia fazer com os pais dela era revelar quanto não gostavam da vida nem de nada nela. *Você nem perguntou para a sua filha do dia dela.* Quantas vezes a mãe dela dizia aquilo, como se fosse a última esperança, uma boia jogada nas ondas. Ela tentava contar coisas que eles gostavam de ouvir: quem tirava as melhores notas, quem estava encrencado. Mas, a cada noite, ela fracassava. Uma filha tão pouco convincente, totalmente incapaz, noite após noite, de impedir os pais de afundarem. E, aí, o poema caiu do livro e a mãe dela pegou antes de ela conseguir. *O que é isto?* Os olhares dos pais se encontraram. Se fossem lobos, teriam lambido os beiços.

Ela achou que tinha descartado esses momentos há muito tempo. Mas agora, em uma casa própria, com filhos e marido, com o pôr do sol e o horário do jantar coincidindo de novo, eles tinham começado a se infiltrar. E com eles vinha uma sensação, um pressentimento, de que ela acabaria destruindo essa vida boa, pois sua necessidade de escrever não era igual à necessidade dos pais de beber? Uma forma de escape, uma forma de se dissociar? E, como o álcool, a enfraquecia e com frequência a irritava, deixando-a ansiosa pelo tipo de habilidade rara e extraordinária que ela nunca teria. Pelo que ansiava a mãe dela? Casara-se aos dezenove. Tivera uma filha. (*Mais um teria me mandado para o hospício*, dizia a quem perguntasse.) Morrera aos cinquenta. (Sozinha em seu quarto, o pai a tendo trocado por alguém que permitia que ele fosse o único bêbado.) Depois da morte da mãe, ela procurara por pistas nas gavetas, mas havia só um calendário de jantares e alguns envelopes pardos de fotografias presas em um bolo. Nenhum bilhete, nenhum pedido de desculpas (ela não demorou a perceber que era isso que estava buscando, na verdade). Em que consistira a vida da mãe? Quando ela voltava da escola, à tarde, a mãe estava ou no telefone, ou folheando uma revista, e, embora não estivesse fazendo nada que não pudesse continuar fazendo agora que o ônibus tinha chegado, uma terrível onda de tristeza parecia passar por ela, como se a filha fosse o próprio sol se pondo sobre todos os seus sonhos. A mãe muitas vezes fazia um drinque nessa hora, embora lavasse a taça e colocasse de volta para secar no papel-toalha na prateleira, para, quando o marido chegasse em casa, poder fingir que ele estava fazendo o primeiro que tomava naquela noite.

O livro estava no sofá. Mais uma vez, ela o pegou nas mãos. Ele tinha riscado quase metade das palavras. Sua tinta vermelha cobria as margens de todas as páginas. Ele tinha uma opinião sobre cada escolha. Uma mulher adulta não teria um tobogã! Esse não é o tipo de homem que pediria um sanduíche de salame! Ela folheou de novo até o último capítulo. Começava com as quatro frases que havia escrito naquela manhã, embora ele as tivesse riscado com linhas triplas, depois uma linha ondulada no topo, e, se ela não estivesse familiarizada com as palavras, não teria conseguido discerni-las. Ela tinha razão antes; era uma porcaria. O capítulo todo estava obliterado assim, as anotações dele já não limitadas às laterais, mas cobrindo as fontes riscadas, a caligrafia furiosa e descontrolada, terminando com um enorme VOCÊ NÃO PODE FAZER ISSO!!!!! no espaço que sobrara na última página. Ainda assim, ela não tinha ideia de que estivera tão perto do fim.

    Ele voltou. Ela via agora os efeitos do álcool nele, não em qualquer descuido dos movimentos, mas na cautela. Ele estava naquele estado logo antes de ficar bêbado, quando o álcool torna a pessoa mais consciente do corpo e do que está tocando. Ela sentiu que ele bebia por este momento: não pelo embotamento, mas pelo aguçamento dos sentidos. Havia algo na forma como ele respirava pelo nariz, como as pontas de seus dedos tocavam a taça, como sua mão livre pousou no colo quando ele voltou a se sentar ao lado dela. Só de olhá-lo ela se lembrava da textura e da temperatura das coisas. Ela sentia o calor da coxa dele. Apesar disso, a percepção que ele tinha dela havia diminuído um pouco. A atração dela por ele chegou rápida e inegável.

    Ele se virou de repente, como se ela houvesse pronunciado o desejo em voz alta. Agora estava jovem, da idade de um universitário, com cabelo castanho grosso e aqueles olhos, aqueles olhos atormentados que tinham todos os homens que já partiram o coração dela.

— Você tem mais de uma? — quis saber ele.

— Uma o quê? — Ela mal conseguia fôlego para as palavras. Quando fora a última vez que sua virilha latejara tão dolorosamente?

Ele olhou para Matty, que tinha conseguido juntar duas peças de um trilho de madeira para apoiar o trem azul-claro.

— Distração.

— Tenho um milhão de distrações — respondeu ela, ouvindo um flerte há muito desaparecido em sua risada, sabendo que, se ele a tocasse, ela não resistiria. — Mas só três filhos. — Em geral, lhe dava prazer falar dos filhos, das idades e das manias deles, mas, agora, eles estavam obscurecendo a conversa.

— Tolstói tinha treze filhos. E a maioria nasceu enquanto ele estava escrevendo *Guerra e paz*. Não tenho certeza nem de que soubesse o nome deles. É assim que tem que ser. Você precisa esquecer o nome dos seus filhos.

Matty estava empurrando o trem para a frente e para trás na pista curta, fazendo um barulho que ela sabia que era "Todos a bordo!" mas que, para qualquer outra pessoa, soava como "Pla!". Suas mangas longas estavam arregaçadas até quase as axilas, como ele gostava. Seu lábio superior estava todo para dentro da quente parte interna do inferior, que mantinha seu apoio escorregadio com ondulações contínuas para cima. Mas, quando ele levantou os olhos e a viu observando-o, o lábio se soltou em um enorme sorriso. Ele deu tapinhas no tapete ao seu lado, falando *mamamamama* sem diminuir o sorriso. Nesse momento, ficou igual ao marido dela, chamando-a, desejoso por ela. Mas ela não duvidava de Matty, não suspeitava de dissimulação nem duplicidade. Por que era tão mais difícil acreditar no amor do marido? Pensou de novo na vez que ele citara a frase dela sobre neve como ninho nas árvores. Eles estavam caminhando em torno de um lago, os três, a mais velha, Lydia, com menos de quatro meses, presa no canguru dentro da parca dela. Na metade da volta, ele tinha parado e abraçado forte as duas. *Minha família*, dissera, com a voz um pouco aguda. Aí, quatrocentos metros depois, ele falou aquilo da neve e das árvores, e ela saiu andando, e ele ficou insistindo que não estava zombando. Agora, ela via com facilidade que não estava, mesmo. Claro que não. Ela agora sabia também que, mesmo naquela época, soubera que ele não estava zombando – mas precisava encontrar algo para criar distância, colocar uma divisória entre ela e aquele guinchinho de alegria que ele lhe revelara. Monotonia, especialmente a monotonia desconhecida de ser amada, era algo com que ela aparentemente não conseguia se acostumar.

Ela escorregou do sofá até Matty, que a segurou colocando um cotovelo gorducho na coxa dela. O homem estava adicionando mais anotações nas margens. Estava velho de novo, o desejo por ele já se tornara uma memória ridícula.

— O terceiro livro, tradicionalmente, é o mais forte dos primeiros trabalhos.

— Esse é meu primeiro.

Ele lhe deu um olhar grave, decepcionado.

— Romances em caixas ainda são romances. — Aí, suavizou. — Por que não conseguiu finalizá-los tão bem?

— Tão bem? Tão bem quanto finalizei este? — Ele pareceu magoado por não acreditar nele, e ela decidiu tentar responder com sinceridade. — Não sei. — Matty tinha engatinhado atrás dela e estava ficando de pé usando o cabelo dela para se levantar. — Isso machuca a mamãe — disse ela. — Por favor, pare. — E, quando ele não parou, ela sentiu a raiva fervendo, o grande reservatório de raiva, sempre ali. — Eu era ambiciosa, acho, na faculdade. Meus professores eram tão decentes e respeitosos, não se pareciam em nada com os adultos que eu tinha conhecido antes. Eles me faziam sentir que podia fazer qualquer coisa. Às vezes, ainda tenho esses choques elétricos de, sei lá, confiança, acho. Escrevo e acredito. Mas, aí... — Era como aquelas noites quando ela criança, era exatamente assim, o pai fazendo as piadas e a mãe rindo, e tudo era como algo em que acreditar, e aí o *timer* dos palitos de peixe toca, e nos sentamos, e tudo muda completamente. — Você tem filhos e tudo fica tão... tênue. E aquele antigo desejo é como uma cólica que você deseja que sumisse para sempre.

— Mas aqueles dois primeiros livros. Você fez quase todo o trabalho. Por que enterrá-los?

— Eles deviam ser queimados. São péssimos.

— Você tem dificuldade de encontrar mérito no seu trabalho.

— Você também, pelo jeito. — Ela apontou para a última página manchada de vermelho.

Um olhar de repulsa o tomou, como se ele tivesse esquecido com quem estava falando.

— Bom, isso... Esse último capítulo é péssimo. É revoltante. Não há desculpa para ele.

Ela sentiu um enfraquecimento familiar nos músculos da barriga. Ainda se dobrava tão facilmente sob uma mudança repentina de humor. Não havia mais o rosto compassivo, o ouvido empático.

— Não é nem um pouco convincente. Por que gente que nem você tenta escrever cenas de violência? Não é seu gênero; não está na sua natureza. — Ele jogou o livro no chão e pairou sobre ela. — Não faz sentido algum. — Ele caminhou até o fim da sala e voltou. — Você quebra todos os entendimentos, todas as promessas ao leitor quando ela comete aquele ato. Talvez alguém como Bowles ou Mailer conseguisse, mas você não, meu bem. — Ele balançou a taça para ela. — Você não.

Era um daqueles alcoólatras peso-leve, percebeu ela. Três drinques e estava acabado. O pai e a mãe dela podiam tomar seis martínis e ainda levá-la de carro à casa de uma amiga.

— E sem arma. É impagável. — Ele gargalhou. — A tríade precisa de uma arma. Você não sabe nem isso? O assassino, o corpo, a arma. Eles interagem. Têm trocas. O Pai, o Filho e o Espírito Santo, pelo amor de Deus. Depois de um assassinato, o assassino na verdade é o assassinado, morto por sua própria falta de humanidade. É a morte dele que é significativa. A arma fica como juiz e júri, o objeto que o arranca do sonho para a realidade. Sem ela, simplesmente não há assassinato.

Ela nunca se defendera de bêbados quando era mais jovem. Nem do pai, nem da mãe, nem nenhum dos amigos deles nas noites de sexta e sábado, as mãos pesadas no cabelo dela, seus pensamentos estranhos e descontrolados ditos em voz alta. Ela ainda se lembrava da Sra. Crile a encontrando na sala de TV, acariciando-a, colocando uma mão nas costas dela pela camiseta e rindo de pena, declarando que ninguém se recupera de ser filho único. *É só ver o Richard Nixon*, desdenhou, antes de ir embora.

— Acho que você só fala merd*. — Ela nem sabia do que ele estava falando, quem diabos poderia morrer no fim do livro.

Ele a olhou com raiva. Ela não ficou surpresa de ver os olhos pequenos e a papada de Nixon.

— Está errado de todos os jeitos: esquematicamente, tematicamente. No fim do livro, a gente precisa sentir que o que aconteceu é completamente inimaginável, mas inevitável. Sentimos isso? Não. Para não mencionar que mulher nenhuma seria capaz de enterrar o corpo de um homem adulto em uma hora. E no quintal? Em janeiro? — Ele estende o braço na direção das janelas, como se fosse a casa do romance. — A coisa toda é uma atrocidade. — Sem pedir, ele foi para a cozinha para mais um martíni.

— Não — disse ela.

A voz dela, cortante, o puxou para trás como uma corda.

— Mais um, daí eu vou.

— Não. Acabou. Você precisa ir embora agora.

— Só vou depois de pegar mais um drinque — disse ele da despensa, com as mãos em segurança —, e de você criar um fim melhor.

— Saia da minha casa. — Ela agarrou o braço dele, mas só pegou a manga do casaco; vidro e gelo se espatifaram pelo balcão.

Ele trançou os dedos em um abridor de garrafas preso na parede, e ela não conseguiu arrastá-lo para fora do minúsculo cômodo. Com a mão livre, ele começou a fazer outro drinque. Ela se esticou atrás dele e deu um empurrão no braço dele. Outra taça estilhaçada. Ele pegou uma terceira, e ela fez o mesmo. Então, ele pausou, olhando todos os cacos.

— Nunca entendi por que alguém que não é um gênio se dá ao trabalho de fazer arte. Para quê? Você nunca terá a satisfação de ter criado algo indispensável. Tem suas ceninhas, suas imagens bonitas, mas aquela euforia de estourar todos os limites estabelecidos da arte, da *vida*, *isso* vai lhe escapar para sempre. — Ele pegou outra taça, esperou que ela a quebrasse, e, quando isso não aconteceu, rapidamente fez um drinque. Seus olhos passearam enquanto ele bebia. Aí, disse, ainda com o líquido brilhando nos lábios e na língua: — E que tal amarrar melhor esse roupão? Estou cansado de olhar essas coisas.

Matty estava fascinado pelo trabalho dela, os novos movimentos dos braços, a estranha ferramenta e seu maravilhoso ruído ao ser enfiada sem parar no solo, e as nuvens de terra e pedras que voavam por cima das costas dela até a grama, às vezes caindo na ponta grossa de borracha do tênis vermelho do menino. Ele se sentou e a observou com ainda mais interesse do que observava as retroescavadeiras na Spring Street, cavando um sistema de esgoto antigo. Ela trabalhava com intensidade e rapidez, e o suor começou a se misturar ao leite e às lágrimas dentro do roupão. Ela ficou surpresa, dada a estação, com como a terra estava macia, como cedia. Em pouco tempo, tinha cavado fundo o bastante para entrar lá dentro. Sentiu o calor se enrolando em volta de seus tornozelos. O cheiro era intoxicante. Ela havia prestado muito pouca atenção à terra durante a vida.

Quando terminou de cavar, pegou Matty e o levou para casa, deu uma tigelinha de cereal de arroz misturado com purê de maçã (estavam de volta em seus lugares de sempre nas excelentes prateleiras bambas) e o colocou no berço. Ele chorou brevemente, mas, quando ela desceu de volta e ficou ouvindo na babá eletrônica, só havia a maré ruidosa da respiração dele no sono. Ela arrastou o homem de onde ele havia caído pelo umbral estreito da porta da despensa e saiu pela porta de trás. Os pés dele quicavam despreocupados degrau abaixo. Ele era leve e caiu graciosamente no buraco, como um pedaço de pano, então, ela não precisou descer lá dentro e reposicioná-lo. Não havia montinho quando ela terminou; cada pá de terra tinha se encaixado de volta perfeitamente. Ela substituiu a grama que tinha cortado cuidadosamente e entrou. Segundo o relógio no fogão, o trabalho tinha levado quarenta e nove minutos.

O livro estava aberto no chão onde ele havia o atirado. Ela o levou até o sofá, jogou a fralda fora e se deitou ao longo das almofadas, de barriga para baixo. Abriu no último capítulo. Os riscos vermelhos tinham desbotado e era, ela agora via facilmente, um fim ótimo.

Agradecimentos

Estou em dívida com as seguintes pessoas por sua leitura atenta, conselho e orientação com esses contos: Don Lee na *Ploughshares*, Hannah Tinti na *One Story*, Christina Thompson na *Harvard Review*, Leigh Haber na *Oprah Daily*, Tyler Clements, Calla King-Clements, Eloise King-Clements, Josh Bodwell, Susan Conley, Sara Corbett, Anja Hanson, Caitlin Gutheil, Debra Spark, Linden Frederick e Laura Rhoton McNeal. Esses contos foram reunidos em uma coletânea durante a pandemia pela equipe fenomenal da Grove Atlantic: minha amada e brilhante editora Elisabeth Schmitz e Morgan Entrekin, Deb Seager, Judy Hottensen, Justina Batchelor, Sam Trovillion, Amy Hundley, Gretchen Mergenthaler, Julia Berner-Tobin, Paula Cooper Hughes e Yvonne Cha. Sou profundamente grata à minha querida e espetacular agente, Julie Barer. É impossível publicar uma coletânea de contos sem reconhecer meu professor do ensino médio, Tony Paylus, que me ensinou o que era um conto, depois me disse para escrevê-los. Mil agradecimentos a meu marido, Tyler, e a nossas filhas, Eloise e Calla, por tudo todos os dias.

Copyright © 2023 Tordesilhas
Copyright © 2021 Lily King

Título original: *Five Tuesdays in Winter*

Todos os direitos reservados. Nenhuma parte desta edição pode ser utilizada ou reproduzida – em qualquer meio ou forma, seja mecânico ou eletrônico –, nem apropriada ou estocada em sistema de banco de dados, sem a expressa autorização da editora. O texto deste livro foi fixado conforme o acordo ortográfico vigente no Brasil desde 10 de janeiro de 2009.

PREPARAÇÃO Giovana Bomentre
REVISÃO Mariana Rimoli e Denise Himpel
PROJETO GRÁFICO Amanda Cestaro
CAPA Kelly Winton com arte de Harriet Moore Ballard

1ª edição, 2023

Dados Internacionais de Catalogação na Publicação (CIP)
(Câmara Brasileira do Livro, SP, Brasil)

King, Lily
Cinco terças de inverno / Lily King ; tradução Laura Folgueira. – São Paulo : Tordesilhas, 2023.

Título original: Five tuesdays in winter
ISBN 978-65-5568-070-6

1. Contos norte-americanos I. Título.

22-118331	CDD-813

Índices para catálogo sistemático:
1. Contos : Literatura norte-americana 813
Cibele Maria Dias - Bibliotecária - CRB-8/9427

2023
A Tordesilhas Livros faz parte do Grupo
Editorial Alta Books
Avenida Paulista, 1337, conjunto 11
01311-200 – São Paulo – SP
www.tordesilhaslivros.com.br
blog.tordesilhaslivros.com.br

/Tordesilhas
/eTordesilhas
/TordesilhasLivros
/TordesilhasLivros